ペーター・フーヘルの世界

その人生と作品

著・訳

斉藤寿雄

鳥影社

まえがき

ペーター・フーヘル Peter Huchel（一九〇三―一九八一）は、旧東ドイツを代表する詩人のひとりに数えられる。これは、あながちまちがいではないが、彼が生前刊行した四冊の詩集（『詩集』Gedichte、『街道　街道』Chausseen Chausseen、『余命』Gezählte Tage、『第九時』Die neunte Stunde）*のうち、最初の詩集は、二十世紀前半に書かれた詩を集めたもので、最後の詩集は、一九七一年に東ドイツを出国したあとに書かれたものである。これを考慮すれば、彼を一概に東ドイツの詩人に区分するのはためらわれるかもしれない。しかし、彼の詩の多くを特徴づける孤独の陰影、苦悩の深淵、寂寥感といったものが、奈辺に由来するかといえば、それはやはり東ドイツ時代というよりほかない。彼の詩の核は、東ドイツで味わった苦難にもとづいていると言ってよいだろう。

フーヘルの詩を体系的に研究する研究者は、国内外できわめて少ない。それは、彼の知名度が、詩人としてより、東ドイツの高名な文学雑誌『意味と形式』Sinn und Form の編集長としてのほうがはるかに高いからである。フーヘルは、一九四九年の創刊から一九六二年までこの雑誌の編集長を務めた。その間に彼は、対立する西側陣営と東側陣営を分けへだてすることなく、東西一流の文学者の寄稿をこの雑誌に採りあげ、それによってこの雑誌は、世界的名声を博した。しかし、フーヘルは、この雑誌の編集に心血をそそぎながら詩を書きつづけた。その作品の評価は、近年ますます高まっている。しかしながら、とくに後半生の詩は、難解なものが多く、日本語に訳しただけでは内容を正確にとらえることがむずかしいため、本書では初期の詩ばかりではなく、第二次世界大戦以降の作品にも解釈をほどこした。また、フーヘルの詩業の全体像を知ってもらうために、主要な作品を訳出した。拙著が、フーヘルの詩の理解への一助になれば幸いである。

＊正確には五冊の詩集が刊行されたが、一九六七年刊行の詩集『星の筌』Die Sternenreuse は、その大半の作品が詩集『詩集』から転載されたもので、五篇のみに異同がある（二篇は個別の作品で、三篇は既出のものだが、内容が大きく変更されている）。したがって、オリジナルの詩集としては、四冊と考えるのが妥当である。

ペーター・フーヘルの世界
——その人生と作品

目次

5.『冬の湖』Wintersee 119
6.『退却』Der Rückzug 125
7.「夏のシビュラ」Sibylle des Sommers 134
8.『献詩　エルンスト・ブロッホのために』Widmung *für Ernst Bloch* 137
9.『街道』Chausseen 144
10.「冬の詩篇　ハンス・マイアーのために」Winterpsalm *Für Hans Mayer* 152
11.『テオフラストスの庭　わが息子に』Der Garten des Theophrast *Meinem Sohn* 161
12.『オフェーリア』Ophelia 167
13.『流刑地』Exil 171
14.『オリーブの木と柳』Ölbaum und Weide 181
15.『マクベス』Macbeth 186
16.『月のきらめく鍬のしたで』Unter der blanken Hacke des Monds 192
17.『洗濯日』Waschtag 200
18.『ニワトコはあまたの月をひらき』Der Holunder öffnet die Monde 205
19.『ローマ』Rom 215
20.「楓の丘のふもとで」Am Ahornhügel 223

第3章　訳詩抄

第3章　訳詩抄……227

I．『詩集』

生い立ち　Herkunft　229
ヴェンドの荒野《あれの》　Wendische Heide　233
女中　Die Magd　235
鬼蜘蛛　Kreuzspinne　238
ハーフェル川の夜　Havelnacht　240
ドイツ　Deutschland　242
帰郷　Heimkehr　246

II．『街道　街道』

トラキア　Thrakien　249
ヴェローナ　Verona　251
錘《つむ》　Die Spindel　253
あのころ　Damals　256
ある秋の夜　Eine Herbstnacht　258
教区の崩壊についての牧師の報告　Berichte des Pfarrers vom Untergang seiner Gemeinde　260

ポプラ　Die Pappeln　263
幾世代の聞こえぬ耳に　An taube Ohren der Geschlechter　266
踏み罠にかかった夢　Traum im Tellereisen　268

III．『余命』

返答　Antwort　271
鮭のいる川の入り江の淵で　ジャン・アメリーのために　An der Lachswasserbucht　*Für Jean Améry*　273
雨のヴェニス　Venedig im Regen　275
カワガラス　Die Wasseramsel　277
八道の隅　Achtwegewinkel　279
ウンディーネ（水の精）　Undine　281
隣人たち　ヘルマン・ケステンのために　Die Nachbarn　*Für Hermann Kesten*　283
返答せず　Keine Antwort　285
アリステアス　Aristeas　287
牧人たちとのわかれ　Abschied von den Hirten　289
林　ハインリヒ・ベルのために　Gehölz　*Für Heinrich Böll*　290
六三年四月　April 63　292
フベルトゥスヴェーク　Hubertusweg　294

裁判　Das Gericht　298

Ⅳ. 『第九時』

アムモンの民　Der Ammoniter　301
出会い——ミヒャエル・ハンブルガーのために　Begegnung　*Für Michael Hamburger*　303
ズノロヴィ　ヤン・スカーセルのために　Znorovy　*Für Jan Skácel*　305
魔法を解かれて　Entzauberung　307
ブルターニュの修道院の庭　Bretonischer Klostergarten　309
ペルセポネー　Persephone　310
パドヴァの異端者　Der Ketzer aus Padua　311
リア王　König Lear　315
トトモース　Todtmoos　316

あとがき　317

ペーター・フーヘルの世界

――その人生と作品

本書のテクストは、Peter Huchel: Gesammelte Werke in zwei Bänden. Hrsg. v. Axel Vieregg. Band I: Die Gedichte. Band II: Vermischte Schriften. Suhrkamp Verlag, Frankfurt am Main 1984 を使用し、本文中では GWI, II と略した（略号につづく数字は頁数をあらわす）。

第1章　ペーター・フーヘルの人生

I. 少年時代

「……わたしの記憶の大きな宮殿に。そこでは天と地と海が現在している」[1]

これは、旧東ドイツの詩人ペーター・フーヘル Peter Huchel が、生涯にわたって座右の銘にしていたアウグスティヌス Augustinus の『告白』Confessiones のなかの一節である。また一方、一九七二年の『ヨーロッパ文学オーストリア国家賞受賞記念での謝辞』のなかでは、「荒廃の軌道が、この宮殿をとおっていったことを、わたしたちはみな知っている」(GWII, S. 314)、とも述べている。記憶は、フーヘルにとって創造の源であるとともに、そのときどきの現在を生きるもっとも大切な遺産だった。この記憶はしかし、一九七二年の時点で荒廃の残滓となった。「記憶の宮殿」をめぐるこの乖離は、フーヘルの七八年間の人生のなかで、詩人の詩に対する姿勢が大きく変容したことをしめしているが、この内実を知ることによって、詩人の人生の様相が浮かび上がってくると思われる。

詩人ペーター・フーヘルは、一九〇三年四月三日、ポツダム Potsdam の槍騎兵曹長だった父フリードリヒ・フーヘル Friedrich Huchel と母マリー・フーヘル Marie Huchel、旧姓ツィマーマン Zimmermann の第二子としてベルリン南東部グロース゠リヒターフェルデ Groß-Lichterfelde に生まれた。一九〇七年母親が、肺病を患ったため、フーヘルは、ポツダム近郊のアルト゠ランガーヴィッシュ Alt-Langerwisch にある母方の祖父の農場に引きとられた。四歳から二年間にわたって体験したこの祖父の農場での生活は、詩人にとって生涯忘れることのできない貴重な体験だった。「幼年時代は、わたしにとって根源だった」(GWII, S. 370)、「たしかにわたしは、最初の数年から、体験の多くのたくわえを人生にもちこんだ」(GWII, S. 226)、とのちにフーヘルは語っている。

アルト＝ランガーヴィッシュは、ポツダムの南に位置する畑と草原におおわれた美しい農村で、ハーフェル川の流域に位置するため、大小の湖沼や河川が点在する。フーヘルが一九三〇年に書いた詩『アルト＝ランガーヴィッシュの幼年時代』Kindheit in Alt-Langerwisch は、自然との一体感につつまれた幸福な少年時代を追憶している。

幼年時代、おお、花咲くツァウフよ、
ぼくたちはクルミのように白い日中《ひなか》、
ニワトコの煙をあびながらおさなげに
マルハナ蜂を追った。

ぼくたちのまえを雲がうつくしく
あえぐ犬のように流れていった。
鎌の刃を鍛える音と砥石の音が
ライ麦畑をおおっていた。

ぼくが地下室の穴蔵に這ってはいると、
口とポケットはよろこんだ、
穴蔵の下は冬のための藁と
くるみとりんごのにおいがした。

スカンポのなかをはだしで
ぼくは黒イチゴのテーブルに走っていった、
牧草地、その朽ちた柵が
ぼくをイラクサのやぶに投げこんだ。

夕方ポンプがきしんで、
ガチャガチャ鳴る手桶に水をみたした。
水飼い場で羊たちが大きく
足をふみならし、うなった。

蜘蛛のひそむ夜が這いより、
家畜小屋の白い灯りがすすけた。
そしてぼくたちは月の光をあびて灰色になりながら

犬と蝙蝠をしたがえて先を急いだ。
ぼくたちは作男が牝牛と病人に
ドクニンジンとクローバで呪文をかけるのを聞いた。
ミルクよ、青いミルクよ、なんじ悪魔のミルクよ、
父の名において去れ！

牝牛たちの口から干し草がため息をつくと、
神よ、ぼくたちはなんと忠実に眠りのなかで眠ったことか、
夜あたたかい藁のベッドのなかで。

そうして夢はもみ殻のように飛んできて、
髪のなかにゴボウのかおりを投げこんだ。

(GWI, S. 51f)

ツァウフについては、一九五八年一月三十一日付のルドヴィーク・クンデラ Ludvík Kundera 宛ての手紙のなかで、フーヘルは、「『ツァウフ Zauch』、たいていは『古いツァウヘ Alte Zauche』と言っていたが、わたしの故郷の土地の名前だ」(GWI, S. 381)、と説明している。植物や動物が、数多く登場するのは、フーヘルの詩に特徴的で、この詩でもさまざまな動植物が、その名を呼ばれている。とくにニワトコは、詩人の最初期の詩にあ

らわれる自然と詩的自我が一体感をもつ幸福な時代を象徴する形象である。例えば、一九三二年に発表された詩『ニワトコ』Der Holunder は、つぎのような牧歌的な詩句ではじまる。「ニワトコのほら穴の下で／ぼくたちは春のあいだ眠りつづけた／木の葉のように涼やかに小さな喉が／おごそかにぼくたちの枕辺で歌をうたった」(GWI, S. 11)

第七連に出てくる作男の呪文は、映画用の小説『Der Nobiskrug（地獄）』(GWII, S. 127-177) のなかに登場する作男ツィーゲナー Ziegener がおこなう、病人や牛の病気の治療に効果があると言われた民間伝承による祈禱のまじないで、呪文というよりは民間療法の処方箋を意味している。[2] また、フーヘルが、『受賞者は感謝する』という ある賞の受賞講演[3]で「わたしは、まだはっきりと年老いた作男のことを覚えている。彼は、足を引きずり、ひげがなく、むっつりとしたしわだらけの相貌で、蜘蛛の網の形状から天気を予報した」[4]と語るとき、フーヘルが幼年時代を過ごした世界は、自然と調和した明澄な世界であるばかりでなく、このように呪術や祈禱師、あるいは怪しげな能力をもつ人物の登場する神秘的な世界でもあったのである。この神秘的なものへの関心は、のちにヤーコプ・ベーメ Jakob Böhme、ヨハン・ヤーコプ・バッハオーフェン Johann Jakob Bachofen を知ることによって新たな広がりを見せることになる。それは、最終的に、「古代的＝神話的なものを現代的な形式と内容に結びつけ、素材を神話学的にそのままにしておかず、弁証法的に明らかにする」[5]という詩人の詩的創作の核心へといたり、「あらゆる文学は、神話をもとめ、人間は、変形された現実の狭い網から解放され、いまやようやく世界の本質と調和する」[6]という洞察へと結実する。

最終行のゴボウは、先に挙げた一九五八年一月三十一日のルドヴィーク・クンデラに宛てた手紙のなかでフーヘルが説明した女性と関係している。「ゴボウの毬のマリーは、いつもゴボウの毬（植物学では Arctium L.）をスカートにつけていた年取った女中だ。これは、からかった言い方ではなく、その反対に、子どもから情愛をこめて、夢のように眺められた。必要とあれば、『老マリー』でもよいだろう」(GWII, S. 341)。夢とともに生じるゴボウのかおりは、この老マリーへの追想と結びついていると言ってよいだろう。

作男と女中、このふたりの存在は、フーヘルの目が、豊かな自然にかこまれた平穏な農村の日々の生活にのみ向けられていたばかりではなく、下層階級、すなわち、「作男、女中、樵、ポーランドの草刈り人夫、ジプシー、現物給与、小作農の乏しいパンかごの世界」(GWII, S. 330) にも向けられていたことを明かしている。この社会的視点をフーヘルは、べつの箇所で、「牧歌は、穴だらけになっていた。わたしは、自然の冷酷な一面を見た、喰うか喰われるかを、作男、女中、樵、ポーランドの草刈り人夫、浮浪者、ジプシーの世界を、現物給与、小農と小作人の乏しいパンかごを。子供の風景は、もはや地理的な概念であるばかりでなく、社会的な概念でもあった」[7]と総括している。

第二次世界大戦以前に書かれたフーヘルの詩は、たしかに過去の幸福だった祖父の農場での体験にもとづいた追想を多くふくんでいるが、しかしその一方、前述の下層階級の人びとへの社会的視点をもった詩もまた生まれていた。それをフーヘル自身は、「わたしの抒情詩は、つねに田舎の貧しいプロレタリアート、すなわち、ジプシー、草刈り人夫、女中、レンガ工をあつかっていて、純粋な自然抒情詩ではなかった」(GWII, S. 376) とあるインタヴューで述べている。

『バルトーク』Bartok

夕べのすすけたかがやきを背景に、
家畜小屋で背負い籠を編みながら、
老バルトークは寝入った。
朝方ランプの芯は焦げてくすぶった。
彼はどうにか家をぐるりとまわり、
スズメバチの巣を焼きはらい、
麩を荷馬車ではこび、ウマゴヤシを刈り、
馬車のランプに油をつめなかっただろうか。

雨をこがれる畑は残っていた、
馬の首輪、馬具そしてむち打ち
水と干し草と家畜小屋の通路、
クローバにおおわれた草原の斜面。
そうして雄鶏の鳴き声が
眠っている窓辺を吹きすぎる。
日をあびた木摺の上の果物が干からびる。

あの老人だけが死んで消えていった。

かまどの上の板に
老人のカボチャの種がまだ干からびてのこっている。
だが朝になればべつの者が馬を馬車につなぎ、
鎌の刃をきたえ、研ぎそしてウマゴヤシを刈る。
霧を吸いこむやぶの向こうで
柳で編んだ筌がさみしく待っている。
夕べ、川にたつ煙の上を
いつものように蝙蝠が飛びまわる。

(GWI, S. 56)

フーヘルは、この詩で、幼年時代に過ごした農村のさまざまな自然形象を取りこみながら、ひとりの作男の死に象徴される代替可能な労働力としての下層階級の人びとの過酷な生活を描いている。これにかんしてユルゲン・グレーゴリン Jürgen Gregolin は、「機能の担い手へと格下げされた個人の原理的な交換可能性のために、経済状況のもとでの個々人の死に、せいぜい副次的な意味しか与えられないということを認識として解き放つかわりに、この詩は、死が恒常的な労働プロセスにおける中断の位置価値をもち、その限りにおいて記憶の契機に役立つあの生存条件を再生産する」[8]と述べているが、たしかにこの詩は、「普遍的な疎外と自己疎外」[9]にさらされた作男が、経済的疎外の典型的な主体として、社会の代替可能な労働力の一班をになっている現実をしめしている一方で、作男の死による労働プロセスの中断が、逆に過酷な生活を強いられる作男の生活状況を暴きだし、それを記憶に焼きつけることが、フーヘルの詩的意図であることをあきらかにしている。この労働プロセスの中断という事象によってバルトークの死が特殊化され、そこに意識の凝滞が生じるが、交換可能な労働力としての一個人の社会的疎外が、死によって再生産される酷薄な社会メカニズムを、フーヘルの透徹したまなざしが、抒情的視点をとおして逆説的にあばいている。それは、さきに引用したまさに「牧歌は、穴だらけにされていた。わたしは、自然の冷酷な側面を見た、すなわち、喰うか喰われるかを」(GWII, S. 330) というフーヘルの認識の、素朴な抒情的表現だった。

II. 青年時代

一九二〇年三月十三日、十六歳のフーヘルは、反動的な右翼政治家グスタフ・カップ Gustav Kapp の起こしたカップ一揆に参加し、太ももを負傷し、ポツダムの病院に入院する。彼は、そこに入院していた多くの労働者たちと政治について議論し、フランスの作家アンリ・バルビュス Henri Barbusse の『砲火』Le Feu を読むように勧められた。「その時からわたしは、完全に赤になった」(GWII, S. 371)、とフーヘルはのちに語っている。それは、彼にとって政治的転換点だった。彼は、「極右の軍国主義的なカップ一揆のシンパから共産主義者バルビュスとともに社会参加する平和主義的な人道主義者へと[1]」大きく舵を切った。

一九二三年から、ベルリン Berlin、フライブルク Freiburg、ウィーン Wien の大学で学び、一九二七年にパリ Paris に滞在したあと、翌年から二年間南フランスを旅し、農夫、石炭運び、港湾労働者などをして旅費をかせいだ。彼は、「ほとんど愛していると言ってもいい国は、フランスだ。あそこは住み心地がいい、もし身分証明書がきちんとしていたら」(GWII, S. 217-218) とのちに告白している。詩人は、一九二八年にグルノーブル Grenoble 近郊の山村コラン Corenc で、数か月間小さな農場の作男としてはたらいたが、そのときの体験を民謡調の調べにのせてもの悲しく謳っている。

『コラン』Corenc

崩れ落ちた家、悲しみの農場、
山は岩を押しだした。
漆喰が門と城壁から顔をのぞかせた
フクロウの吐きだした餌。
窓枠はこなごなに砕け、
アザミは家のなかに生い茂り、
エニシダは黒い種を
腐った床板のうえにまき散らした。

日差しが垂木と梁をとおって
廊下と部屋にさしこんだ。
蜘蛛の巣に黄金のほのめきがしたたり、
エニシダは風になびいて枯れた。

大鎌が藁にくるまれて
さみしく壁にかかっていた。

だれがここに夜遅くろうそくに灯りをともして座っていたのだろう。
だれがかまどの火を絶やさずにいたのだろう。

…………………

わたしは険しい階段を降りていった
岩のがれきのなかをとおって門のところまで。
するとコオロギの鳴き声がかぼそく響き、
それは光につつまれて消えていった。

(GWI, S. 76-78)

一九二四年に最初の詩を発表したフーヘルは、一九三〇年から『フォス新聞』Vossische Zeitung やヴィリー・ハース Willy Haas の編集する雑誌『文学世界』Die literarische Welt に本格的に散文や詩（最初の詩は『アルト＝ランガーヴィッシュの幼年時代』[2]）を発表しはじめた。そして彼は、一九三二年に文学雑誌『Die Kolonne（隊列）』の第一位の賞を獲得し、さらにその後何篇かの詩をこの雑誌に発表した。そのため、フーヘルが、この雑誌の重要な構成員だったヴィルヘルム・レーマン Wilhelm Lehmann の魔術的自然抒情詩の系譜に連なると憶測されたが、フーヘル自身はそれを否定し、こう言っている。「わたしは、一度も Kolonne に属したことはなかった。賞をもらったのはまったくの偶然だった」(GWII, S. 358)。また、フーヘルの秘書のフリッツ・エルペル Fritz Erpel も、次のように証言している。「フーヘルの最初の詩が、二〇年代の終わりに発表されていて、たとえばヴィルヘルム・レーマンのような自然神秘主義と結びつけるいくつかの西側の批評が、フーヘルの作品が、すでにヴィルヘルム・レーマンの詩の刊行以前に発表されていたことを無視していることを思いださせるのは、おそらく当を得たことでしょう。……彼が、ヴィルヘルム・レーマンからカール・クローロウにいたる陣営に属していないことは、容易に証明されるでしょう」（GWII. S. 348）。

一九三二年フーヘルは、それまで書いた詩をまとめた詩集『少年の池』**Der Knabenteich** をドレスデン **Dresden** のイェス出版社 **Jeß-Verlag** から刊行しようとしたが、すでに校了していた原稿を印刷開始直前に撤回した。というのも、彼は、「ヒトラーの権力掌握後の刊行は、（政権の）肯定の行為と誤解される可能性がある」（**GWI, S. 365**）と考えたからだった。しかし、ドイツ語版全集Iの註によると、一九三三年から一九四一年にかけて、一七篇の詩と多くの復刻版が、新聞、雑誌、アンソロジーに掲載され、さらに二〇篇のラジオのための作品が放送された。そのため、註は、ヒトラーの権力掌握が、『少年の池』の撤回の唯一の理由かどうかはいまとなっては確かめようがない、と記し、詩人が、詩集の刊行を撤回したのは、「部分的に弱い、亜流の若書きを多くふくんだこの最初の詩集の調和の欠如を意識した」（GWI, S. 366）ためではないかと推測している。いずれにせよ、この詩集のなかのいくつかの詩は、後年詩集『詩集』Gedichte（一九四八年）と詩集『星の筌』Die **Sternenreuse**（一九六七年）のなかに収められることになる。

フーヘルは、最初からナチスに反対だった。べつの言い方をすれば、「彼は、ナチスに買収されたくなかった、すくなくとも精神において屈したくなかった」[3]。しかし、ナチス政権のもとで、なんらかの妥協をしなければ生きのびることができなかったのも事実である。一九三三年六月九日以降、ナチス政権下でなんらかの著作を発表しようと思ったら、帝国文化院が管轄する帝国著作院の会員にならなければならなかった。フーヘルは、同年十二月二十九日に会員登録をしたが、会員番号は、９４８９で、[4]この数字の大きさは、彼がかなり逡巡したあらわれだろうと推測できる。さらにまた、フーヘルが、ヒトラー政権下で作品を発表したからといって、ひとりフーヘルのみを非難することができないことを、友人のアルフレート・カントーロヴィッツ Alfred Kantorowicz が、つぎのように述べている。「というのも、彼あるいはだれそれに、殺人者たちに動かされた蒸気ローラーのまえに身を投げだすよう要求することがいったいだれにできようか。この国の外にいたわたしたちは、それについて判断するのにもっともふさわしくない。しかし、この国に生き残っている抵抗運動の闘士以外に、そもそもいったいだれが、判断をくだす権利をもっているだろうか」。[5]ナチスに対するフーヘルの態度は、一九三八年の日付のついた詩『十二夜』Zwölf Nächte を読めばおのずとあきらかになる。最終三連は、ナチスによる恐怖政治のなかで、それでも一縷の望みをいだきつづけるフーヘルの心情を痛切に吐露している。ヒュプ・ナイセン Hub Nijssen は、それを「精神の世界、魂の光へのゆるぎない信頼」[6]と表現し、詩人が、この時期「国内亡命」を選んだことを記している。[7]

おまえが見つけるのは大地がしっとりと血で濡れた
時代の苦痛だけ。
そして瓦礫の下には、噛もうと身構える
蛇たちのはだかの子。

その頭を踏みつぶし噛み傷を恐れよ。

颪のなかに耳をかたむけよ、沈黙せよ。
いまなお暗闇のかがやきが支配し、
いまなお扼殺者が徘徊する。

だが夜の力は
魂の静かな光を絞め殺さない。
たとえ灰の気息がつめたく吹きすぎても、
暗闇は打ち砕かれる。

1938（GWI, S. 95）

フーヘルの詩の特徴は、自然形象を用いて政治的なものをその風景のなかから浮びあがらせることである。それを、ルードルフ・ハルトゥング Rudolf Hartung は、簡潔につぎのようにまとめている。「社会正義への鋭い意識とファシズムへの嫌悪に際立つペーター・フーヘルが、なおみずからの政治的発言を大きく自然の助けを借りてはっきりと述べ、政治的なものをいわば自然へと移し変えること以上に、この抒情詩と自然との結びつきにとってより解明的なことはないだろう」[8]。フーヘルにとって、自然は、もはや少年時代の調和に満ちた統一世界ではなく、さまざまな亀裂を露呈した現実の様相を、とくに否定的な側面において厳しく映しだす投影面であることがわかる。

詩人は、一九四一年に召集されて、ベルリンの高射砲部隊に配属されるが、第二次世界大戦中のフーヘルにかんする出来事は、第二章の詩『退却』Der Rückzug の解釈のなかで述べているので、ここでは割愛する。

III. 第二次世界大戦後

敗戦後、彼は、一九四五年末ベルリン・ラジオ放送局に原稿審査係と文芸部員として雇われ、ラジオドラマ部門を立ち上げるよう依頼された。彼は、ナチスが崩壊したいま、当時の多くの反ファシストたちと、「自由で民主主義的なドイツを創りだす」[1]目標を分かちもった。彼は、一九四六年五月、新しいドイツ文学とラジオ放送の使命についてつぎのように語っている。「今日のドイツ文学は、ファシズムと軍国主義が突きおとした国内外の混乱からドイツ人を救いだし、彼らを文化をもった諸国民の一員に連れかえす使命をもっている。……劇場、出版社、報道機関にとってとまったく同様、ラジオ放送にとっても、文化的な革新のために方向をしめすべき義務が生じている。ベルリン放送局の文学部門も、この普遍的な目的を促進する使命のまえに立っていることを自覚した。……この文学は、良心に呼びかける警告であり、わたしたちにナチ・イデオロギーからの明白で決定的な離反を要求し、抑圧の年月に心を固く閉ざし、内面的に死んでしまった人びとを揺りうごかし、わたしたちを理性と人道の生活へみちびくのである」[2]。ここで語られているフーヘルの決意は、敗戦後の壊滅的な破壊のなかから新しいドイツを文学とラジオによって復興しようという清新な希望に満ちている。フーヘルが、なにを拠り所とし、なにを新しい精神生活の中心に据えるべきだと考えていたかを、わたしたちは、この文言から知ることができる。

あるいはまた、当時フーヘルが、戦前、戦後の時代に対してどのように考えていたかを、つぎの一節が、知らせてくれる。「今日の時代も、危機に満ちあふれ、作家が、脇にしりぞいたり、否定的な批判に終始したりすることを許しません。国粋的な思い上がりが、ふたたび広がり、ファシズムが、べつの顔をもってあらわれるところでは、つねに作家は、抵抗しなければなりません。作家は、新たな帝国主義戦争の脅威をまえに降伏してはなりません。作家は、平和のために戦わなければなりません」(GWII, S. 264)。詩人は、時代の脅威、たとえば、原子爆弾による世界の破壊や第三次世界大戦の可能性を自覚し、作家がそのためになにをなすべきかをきわめて厳しく訴えている。

フーヘルは、一九四六年から一九四九年まで放送責任者、ベルリン放送局局長、ソ連に認可されたドイツ放送局の局長をつとめ、一九四七年からは芸術監督も兼任し、ラジオ放送の番組編成にたずさわったが、それは、お飾りにすぎず、放送の実質的な権限は、モスクワから帰国した共産党員がにぎっていた。そのため、その当時仕事に対して強い不満をいだいていて、「一九四八年初夏にヨハネス・R・ベッヒャーが、彼が刊行を準備していた文学雑誌の編集長をつとめる気があるかどうかフーヘルに尋ねにきたとき、彼は、さほど長くためらわなかった」[3]。

この間フーヘルの身辺が、大きく変わった。最初の妻ドーラ Dora とは、一九四五年のうちに結婚生活が破綻していたため、一九四六年に別居し、その年の九月に新しい恋人、ジャーナリストのノーラ・モーニカ・メーリス＝ローゼンタール Nora Monica Melis-Rosenthal と知り合い、一緒に暮らしはじめた。彼女は、フーヘルとの出会いをこう記している。「そのあとすぐに、ベルリン州政府が、メクレンブルクとフォアポンメルンへの芝居旅行用のバスを仕立ててくれた。これは、わたしたちが、予定されたコースをとおって芝居を見物することを意味した。四つの占領地区すべてのジャーナリストが、招待されていた。朝十時にみんなは、ツォー駅に集まった。わたしは、女性が、わたしひとりだけだと気がついた。さあ出発しようという段になって、一台のタクシーがやって来て、帽子をかぶり、ゲートルを巻いたひとりの男が、降りてきて、ほとんどドアが閉めかかっていたバスに飛びのった。彼は、ヘルベルト・イーエリングに大歓迎された。わたしたちは、一〇日間旅行をし、晩にはホテルのバーに居座り、しだいにこのゲートルを巻いた男が、ペーター・フーヘルという名前だとわかってきた。この旅行以来、わたしたちはもう、離れなかった」[4]。ドーラは、なかなか離婚に応じてくれなかったが、ようやく一九五三年三月六日に離婚が成立し、フーヘルは、そのすぐあとの四月二十五日にモーニカと正式に結婚した。

一九四八年冬、フーヘルは、最初の詩集『詩集』Gedichte を刊行した。戦前の一九三三年に『少年の池』Der Knabenteich というタイトルで彼の最初の詩集が出るはずだったが、印刷を済ませた後、彼は、時期的な問題（一九三三年は、ナチスが権力を掌握した年）もあってこの詩集の出版を取りやめた。『少年の池』は、七三篇の作品をふくんでいたが、『詩集』にはそのなかから一七篇しか収録されていない。理由は多々あるが、考えが、十分練られていなかったり、一部ゲオルク・トラークル Georg Trakl を思わせる亜流の作品だったり、思春期の素朴な出来だったりということが考えられる。風景への傾倒が強すぎて、ある種不調和を感じたのかもしれない。若書きの未熟さをフーヘル自身も自覚していたのだろう。

『詩集』は、三部から成り、それぞれ『生い立ち』Herkunft、『星の筌』Die Sternenreuse、『十二夜』Zwölf Nächte のサブタイトルがついている。最初の『生い立ち』は、牧歌的な少年時代の自然と調和した世界を描くか、社会の底辺ではたらく貧しい人びとを社会批判的な視点で描いている。『星の筌』は、「青年時代からヒトラー時代へのより批判的な移行」[5]をしめしている。『十二夜』は、一七篇のうち六篇が、ナチス時代に成立し、その体制への批判的な内容によって特徴づけられている。『生い立ち』のなかの一篇、一九四七年に発表された『夏の夕べ』Sommerabendは、『詩集』によって幼年時代の「森と葦と水が、寄りそって存在するポツダム一帯」(GWII, S. 248) の美しい記憶の世界との決定的な訣別をしめしている。[6]

『夏の夕べ』

石の門を出て
夕べ土手をこえ
彼らが馬を駆って水飼い場にくると、
太陽はまだ葦の茂みのなかで燃えている。

一日の苦労を解かれて
彼らは肩をならべて馬をあゆまする。
聞け、柵のなかの牡馬が
愛をもとめて怒っていななくのを。

岸辺では馬の荒い鼻息、

かけ声、笑い声、速足。
ふしぎな冠羽をつけた鳥たちが
おどろいて水にもぐる。

砂地の浅瀬のむこう側
あわ立つ流れのなかへ
子馬と母馬は
鞍も腹帯もつけず入ってゆく。

若々しい声をした乗り手たちは
馬の重荷にならぬよう
たてがみをつかんで
馬とならんで泳いでゆく。

少年たちよ、人生はうつくしい、
もしそれがまだ力強く善であるなら。
見よ、ひばりたちは
遅い夕焼けのなかをただようように飛んでいる。

消えていく空のしたで
牡馬のいななきがふるえる。
乗り手、黒馬、白馬、
やがて夏がすぎてゆく。

(GWI, S. 58)

少年と自然が一体化した美しい「記憶の宮殿」は、「やがて夏がすぎてゆく」残光とともに、敗戦後のドイツと運命を分かちもって、まぼろしとなって消えてゆく。この取りもどすことのできない愛惜の思いが、『詩集』全編をつらぬいている。

フーヘルは、一九四九年から新しい雑誌『意味と形式』Sinn und Form の編集長になり、すでに前年から準備していたこの雑誌を一九四八年十二月に刊行した。この雑誌の趣旨は、「あらゆる耽美主義からはなれて、言葉と文学の精神に奉仕する」[7]ことであり、東部占領地区ばかりでなく、全ドイツにとって「代表的な文学的展望」[8]となることだった。それは、すなわち、「人間と社会の進歩、人道主義、精神的な深化の精神にそって、芸術的な手段をもちいて言葉を形成するか、あるいはドイツと外国の精神世界の文学的現象を批判的な手段をもちいて根本的な知識にもとづいて判断するすべての声を人びとに聞いてもらう」[9]ことをめざした。したがって、この雑誌は、政治に役立つものではなく、なによりも文学的に高いレベルを維持し、ある種の排他性、すなわち東西の第一級の芸術家の寄稿を要求した。

この時期、政治の世界は大きく動いた。一九四八年のベルリン封鎖で、東西の対立はますます深刻化し、翌年の一九四九年に東西ドイツ、西はドイツ連邦共和国、東はドイツ民主共和国が建国され、東西ドイツの分断が決定的になるとともに、東西陣営の対立は、動かしがたい事実となった。このような状況をかんがみて、フーヘルは、すくなくとも文化的な面では、東西が強調して活動するべきだと考えた。彼は、「ドイツの西側でも世界平和と人道主義のために尽くそうとする人間を見いださなければならない[10]」と考え、そのような趣旨にしたがって、雑誌の編集方針をたてた。彼は、世界が核の危機に脅かされ、偏見、人種憎悪、搾取にさらされていることを自覚し、とくに人間と自然の結びつきがうしなわれつつあることを憂慮した。[11]

『詩篇』Psalm

人間の精子から
人間は
オリーブの木の種から
オリーブの木は
生まれない、
これは死のエレ尺で
測ることができる。

あそこのひとたちは

地中に
セメントの球のなかに住んでいる、
その強さは
鞭打つ雪をあびた
茎に似ている。

荒地は歴史になる。
白蟻は歴史を
そのはさみをつかって
砂のなかに書く。

そして探求されることはないだろう
みずからを滅ぼす
努力に汲々としている
世代は。

(GWI, S. 157)

この詩は、一九六三年に刊行された詩集『街道　街道』Chausseen Chausseen の掉尾を飾るが、それは、フーヘルのこの時代に対する総括的な思想をあらわしている。一九四五年の終戦時の楽観主義は、東西の冷戦構造の硬化によって悲観主義へと変わった。この詩では、「逃げ道をうしなった世界に対応して、作者は、批判を論争としてではなく、――はるかに鋭く――終末論的イメージ、この世の終わりのヴィジョンとして表現している」[12]のである。もはや生命の生まれてこない自然のなかで、荒地が、唯一人間の歴史になる。人間には、滅びゆく運命が定められている。最終連で、フーヘルは、滅びゆく人間に救いの手をさしのべることをあきらめたかのように思われるが、しかし詩人は、終末へと向かう人類の証人としてこの絶望的な現実を探究しなければならない。タイトルの「詩篇」は、神への祈り、すなわち人間の希望を謳ったものだからである。時代に対するフーヘルのアンビヴァレントな姿勢が、彼の心に深く根をおろした苦渋をつたえている。

Ⅳ．東ドイツ当局との軋轢

フーヘルは、共産主義への共感と、東ドイツの土地改革に共鳴し、一九四九年東ドイツの建国に参加した。土地改革は、一九四五年から一九四九年まで実施された、大地主制度を解体し、小作農民に土地を分けあたえるという東ドイツの政策で、「少年時代から、耕地と牧草地をそなえた小さな農場の所有が、農民たちにとっていかに重要であるかを知っていた」[1]フーヘルが、切に願っていたことだった。フーヘルは、東ドイツに一種理想郷を見ていたと言ってよいだろう。

しかし、その一方で、雑誌『意味と形式』は、前途多難だった。発刊してすぐにフーヘルは、自分の裁量が大幅に制限されていることを悟った。当時文化連盟議長だったヨハネス・R・ベッヒャー Johannes R. Becher は、彼の後見であると同時に検閲官でもあった。一九五二年三月二十六日付のハンス・ヘニー・ヤーン Hans Henny Jahnn に宛てた手紙でフーヘルは、当時の苦しい胸の内をこう述べている。「さらに、わたしは、雑誌を引きうけてからドイツ芸術アカデミーによって、かつてもっていた完全な活動の自由をもはやもてなくなってしまっている。とくに最近――これは、あなたに内密に話すのだが――、我慢しなければならないことが多く、雑誌を従来の水準にたもつことは、かならずしも容易ではない。わたしは、この最初の二年間を胸苦しさをもって振りかえることがよくある」[2]。

作家使節の一員としてモスクワに旅行していた一九五三年四月末、フーヘルは、マルセル・ライヒ＝ラニツキ Marcel Reich-Ranicki の記事の件でベッヒャーに責任を取らされ、五月十五日付の解雇通知を妻のモーニカをとおして受け取った。フーヘルは、こうした干渉に嫌気がさして、編集部をやめようと思った。このときしかし、ベルトルト・ブレヒト Bertolt Brecht が、あいだに入って、「この雑誌は、ベルリーナー・アンサンブルと同様東ドイツにとってすばらしい名刺になる」(GWII, S. 375)、と言って、フーヘルに辞職をとどまるよう懇請したため、フーヘルは、その職にとどまった。しかし、その後ますます雑誌の編集に対するこうした攻撃が強まり、この間にドイツ芸術アカデミーの会長になっていたベッヒャーは、彼の敵に変わった。

『徴《しるし》』Das Zeichen

葉のない木立の丘、
もういちど
夕方連なった野鴨が
湿った秋の空気のなかを飛んだ。

あれは徴だったのか。
あわい黄色の槍を
みずうみは

せわしない霧に突きさした。

わたしは村をとおり、
見なれた光景を見た。
羊飼いが牡羊を
両膝のあいだにしっかりと抱えこんだ。
彼はひづめを切り、
跛行する足の傷にタールを塗った。
そして女たちは缶を数えた、
毎日の乳しぼり。
占うものはなにもなかった。
すべては家畜血統登録簿に書いてあった。

ただ死者たちだけは、
毎時の鐘の響きとキヅタの成長から
切りはなされて、
かれらは見ている、
地球の冷えきった影が

月の上をすべってゆくのを。
彼らは、それがいつまでもつづくことを知っている。
大気と水のなかで呼吸する
すべての生物が死に絶えても。

だれが書いたのか、
ほとんど解読できない
警告の文字を。
わたしは杭に打たれたその文字を見つけた、
湖のすぐ裏手で。
あれは徴だったのか。

硬直し
雪の沈黙のなかで、
盲目となって眠っていた
マムシのひそむ藪。

(GWI, S. 113f)

この詩は、既出の詩集『街道　街道』の巻頭詩で、この詩集が初出である（一九六三年）。第三連の「跛行する足の傷」Stoppelhinkeは、一九六四年一月十九日付のルドヴィーク・クンデラ宛ての手紙でフーヘルが、こう説明している。「羊のStoppelhinkeあるいはModerhinkeは、切り株のある草原で汚物と湿気によって引きおこされるひづめの炎症だ。羊は、足を引きずる。木のタールと燃料用アルコールの溶液できれいに切りとられたひづめを処置する。わたしの故郷では、この処置を『タールを塗る』と言っている」（GWII, S. 351）

自然のなかからなにものかを読みとるべき徴[3]——フーヘルは、つねにそのようにして自然と自己の関係を、すなわち彼の謂う「世界状況」Weltsituation（GWII, S. 371）を読みとってきた。自然の形象は、この詩集から「暗号、記号のかたちを取りはじめる、すなわちべつのものをあらわす徴となる」[4]。村の人びとは、平穏に仕事にいそしみ、安全のうちに暮らしている。しかし、フーヘルを取りまく世界は、死者の世界である。地球が死に絶えて、なお残るのは死者だけである。「地球の冷えきった影が／月の上をすべっていく」のは、月食の現象である。月食は、月が地球の本影に入って、月面の一部または全部が暗くなる現象で、地球が月に重なった瞬間にふたたび月面の光がかがやいてくる。しかし、この詩では月食は永年につづく、すべての生物が死に絶えても。それは、フーヘルを取りまく現実の世界ではこういうことだった。文化領域の上層部との雑誌をめぐる編集方針でのたえまない対立、彼が大いに期待した農地改革の変更、すなわち多くの小さな農場をふたたび取り上げて、ソ連型の集約農場（農業生産組合）に変える政策（一九五二年）、進歩的な文化人をないがしろにする社会的風潮、こうした理由によって、「フーヘルは、五〇年代にしだいに東ドイツのよりよい未来への信仰をうしなっていった」[5]。第四連の不吉な予言は、こうした現実を暗示しているのである。

このような背景をもって、徴が、詩に二度あらわれる。自然が明けもらす徴は、かつての調和した幸福な世界の表象ではなく、フランツ・ショーナウアーFranz Schonauerが、詩集『街道　街道』を総括して形容するところの、「死、傷、無防備、沈黙、見いだしがたさ、静けさ、灰色の雨、悲しみ、冷たさ、硬直、不安、厳しさ、絶望、荒涼」[6]を意味する。ナイセンは、徴を「逃亡の合図」[7]と言っているが、むしろ徴は、フーヘルを取りまく時代と政権が呈する絶望的な状況への警告と言ってよいだろう。フーヘルは、いかに絶望しようとも、これからマムシのひそむ藪のなかに分けいってゆかなければならない。それは、警告の文字で書かれた救いのない不吉な世界である。

この時期、一九四八年から取りかかった長編詩『法』Das Gesetz が、一九五〇年にはじめて雑誌『意味と形式』に発表された。これは、「農地改革の法を芸術的に許容できるやり方で賞賛する」[8]ことを目ざしていた。しかし、この詩は、その後東ドイツが、農地改革を変更し、ソ連型の集約農場に変えたため、この政策への失望と、五〇年代にフーヘルが詩人としてなかなか認められず、批判が増したこと、雑誌『意味と形式』に時間をとられ、彼の完璧主義が、完成を遅らせたことから、最終的に未完におわった。[9]

おお、法よ、
鋤で農地に書かれ、
斧で刻みこまれた！
法よ、支配者たちの封印を破壊し、
その遺言を引き裂いた！

おお、劫初の日の劫初の時間、

それは、暗闇の門を破壊する！
おお、根から茎を生みだす光よ！
おお、煙のない火よ！
農地と星のあいだで
おお、民よ、すべての深みはおまえのものだ。
黒い鰓とともに大地はおまえのものだ、
大地が荒涼たる畝間に横たわり、
深く鋤きかえされ雪のなかで息をつぐとき。　(GWI, S. 288f)

フーヘルは、『意味と形式』の編集長をはじめて辞任するよう迫られた一九五三年から最終的に解任させられた一九六二年までに、少なくとも三一回海外（旧西ドイツも含めて）にでかけている。[10] この旅行でさまざまな場所に行き、さまざまな人びとに出会い、新たに知己を得たひともいれば、旧交をあたためたひともいた。この旅行のなかで、一九五七年八月十五日から九月二十三日にかけて、ブルガリアの黒海沿岸の都市バルチック **Baltschik** に滞在し、その地でジプシーの集落を訪問している。この体験をフーヘルはこう謳っている。

『モムチル』Momtschil

月が山々の彎曲の上にあらわれた。

岩壁から銀が昇った、
夜の目が。
石のなかにひびきつづける
ひづめのとどろきを
ほこりが窒息させた。
牧人が家畜の群れをすばやく追い立てた、
牧人の影は峡谷の
沈黙の高みまでとどいた。

山の上の、
岩の壁にまかれながら、
大きな天の気息にさらされた
タタール人の村。
灰色のモスクは
藁でできた納屋ほど高くない。
水車の横に小屋、
小麦粉の冷たくやわらかなにおいが
入り口にただよっていた。

そうして白い羊の乳のような
霧がながれた、
屋根の端を越えて。

(GWI, S. 126)

モーニカ・フーヘル Monica Huchel によると、「モムチルは、バルチックからほど遠からぬ小さなジプシーの集落で、漆喰の壁をもった小さな家があり、数人のジプシーの家族が住み、数匹の馬がいた」(GWI, S. 400)。異国情緒をしのばせるこの風景は、フーヘルには懐かしかったかもしれない。少年時代、彼は、こうしたジプシーのような下層階級の人びとの生活をつぶさに眺め、共感をいだいたからだ。

この時期フーヘルは、親しい人びとをうしなった。一九五六年四月十四日にベルトルト・ブレヒトが亡くなった。彼は、これによって最大の庇護者をうしなった。一九五八年十月十一日にはヨハネス・R・ベッヒャーが亡くなった。彼は、一九五三年の最初のフーヘルの解雇以来敵でもあったが、関係はつづいていた。一九五九年秋にフーヘルは、『意味と形式』をベッヒャーの特別号として刊行した。一九五九年十一月二十九日ハンス・ヘニー・ヤーンが、心筋梗塞で亡くなった。ヤーンの突然の死は、フーヘルにとってきわめて重大な打撃だった。叙事作家、劇作家、エッセイストだったヤーンは、ハンブルク自由芸術アカデミーの会長だったが、原子爆弾の開発、西ドイツの再軍備等に反対する過激な政治的発言によって、一種のアウトサイダーだった(フーヘルは、彼を「創作において天才的な一匹狼」と呼んだ(GWII, S. 303))。フーヘルは、彼への追悼の辞 Rede zum Tod von Hans Henny Jahn で彼を「その重要な作品が、現代文学の数少ない偉大な表明に属する」(GWII, S. 302)、と高く評価した。フーヘルは、ヤーンの六十歳の誕生日のための記念刊行物のために、一九五四年、つぎのような詩を書いた。

『献詩　ハンス・ヘニー・ヤーンのために』Widmung *für Hans Henny Jahnn*

川のほとりの歌っている荒れ地よ、だれが呼んだのか。
白鳥の水をかく足音とともに
いま夜が水面を近づいてくると、
火が暗く小径をおりてゆく、
そこはかつて少年が、小舟の影にかくれて、
網のそばで昼を寝てすごしていたところ。

だが、冷たい遠方が吹きよせるとき、だれが
あの者たちとあの上の丘のふもとで暮らそうと思わなかっただろうか、
乳をしぼり、畑をたがやし、
古びた外壁を修復し、
梁と梁をしっかり繋ぎあわせるあの者たちと。
水を汲みあげる風車のまわるところ、
穀物畑の近くに彼らは住む。その日々の仕事はりっぱだ。

だが火が燃える深みから
消えやすい不安な炎を取りだすよう
おまえは呼ばれたのだ。

(GWI, S. 134f)

Singende Öde am Fluß: wer rief?
Da mit dem rudernden Fuß des Schwans
Die Nacht nun über dem Wasser naht,
Gehn Feuer dunkel hinab den Pfad,
Wo einmal der Knabe, im Schatten des Kahns,
Den Mittag neben den Netzen verschlief.

Wer aber wollte, wenn eisige Ferne weht,
Mit ihnen dort oben am Hügel nicht leben,
Die melken und pflügen,
Und richten Gemäuer
Und Balken an Balken sicher fügen?
Wo sich das wasserhebende Windrad dreht,
Wohnen sie nahe am Korn. Ihr Tagwerk ist gut.

Dich aber rief es, aus feuer-
Brennender Tiefe zu heben
Die leicht erlöschende, ruhlose Glut.

この詩は、第一連も第二連も脚韻がふまれているが、ababcdcd のように規則的な韻律の構成ではない。たとえば、第一連では一行目は、最終連と韻を踏み、二行目は、五行目と、三行目は、四行目と韻を踏んでいて、第二連も、同様に、不規則な韻律構成になっている。ハンス・マイアー Hans Mayer は、第一連一行目が、音韻的にその連の最終行を呼びだしていると指摘している。[11] また第二連一行目と六行目、二行目と九行目、三行目と五行目、四行目と八行目、七行目と最終行も韻を踏んでいることから、この詩の韻律の重層的な構成が見てとれる。マイアーはまた、この点において韻がたがいに遠方から呼応しあっていることが、この詩の構造を特徴づけていると指摘し、「ふたりの詩人の二元性[12]」、すなわち、どの行の終わりも、他の行を指ししめしていることから、ふたつの思想が、たがいに合意しあっていることを推測している。[13]「この詩の脚韻の技法は、詩人の出会いの表現である。すなわち、詩人フーヘルとヤーンの了解である[14]」。

しかし、相違もまた全体を規定している。第一連冒頭から四行は、「荒地」、「夜」、「暗く」といった表現が、ヤーンの世界をあらわす一方で、第一連最終二行は、われわれの知っているフーヘルの幼年時代、たとえば詩『少年の池』Der Knabenteich の最終行にしめされた幸福な光景をしめしている。

第二連もまた、同様の構造をなしている。一行目から七行目までは、マイアーの謂う「願望の風景[15]」である。マイアーは、ヤーンもまた、フーヘル同様「あの上の丘のふもとで暮ら」す人びと、すなわち、乳搾り人、作男、レンガ工、粉屋などの下層階級の、「その日々の仕事はりっぱ」な人びとの生活を知っていた、と指摘している。[16]それは、上の丘を仰ぎ見ることである。しかし、八行目以下は、ヤーンが、火口から火を取りだすためにその深みへと降りてゆかなければならない、すなわち、上方から下方へと視線を変えることによって、一匹狼としての矜持をしめすべき文学のむずかしい仕事をやりとげなければならないことを告げている。先の追悼の辞でフーヘルは、「彼を知っているわたしたちはみな、この数年間当惑しながら、いや不安をいだきながら彼のせわしない生活を見守ってきた」（GWII, S. 302）、と述べると同時にまた、「ときに彼は、まさに獲得した地面をみずから足元から引きさらうよう宣告されたように思われた」（GWII, S. 303）、と述べ、晩年のヤーンの精神的苦境を推しはかっている。このような認識にもとづいて最終三行は書かれていると言ってよいだろう。

詩の構造のこの二元性は、フーヘルとヤーンの親近性と同時に異質性をも浮かびあがらせるが、最初の解任事件後の一九五四年という時期を考えると、荒地に夜が迫ってくる情景と、火が燃える深みからかぼそい炎を取りだす行為は、むしろフーヘル自身の状況を反映しているように思われる。ほぼ同時期に書かれた詩『献詩　エルンスト・ブロッホのために』Widmung *für Ernst Bloch*（GWI, S. 134）が、フーヘルを取りまく政治状況が厳しさを増し、東ドイツの文化上層部からの圧力と脅威がますます強まってゆくことを示唆していることを考慮すると、ヤーンに捧げられたこの詩もまた、フーヘルの実存的な不安と、かぼそい炎としての文学にそれでもなお一縷の望みをたくす胸中を吐露していると考えられる。

一九五八年十二月三十日にエルンスト・フィッシャー Ernst Fischer に宛てた手紙で、フーヘルは、文学雑誌『意味と形式』についやした一〇年間を次のように振りかえっている。「『意味と形式』の一〇年間——多大な神経をつかい、骨の折れる数週間をついやし、休日もなく、腹立たしいことばかりだった」[17]。彼にとって雑誌『意味と形式』の編集作業がいかに心身をともに疲弊させるものであったかを、この告白は物語っている。とくに一九五七年から東ドイツの文化当局によって、さまざまな圧力や非難がフーヘルにくわえられた。フーヘルは、東ドイツ出国後の一九七二年のあるインタヴューで、東ドイツの文化当局が、この雑誌が、時代に取りくまず、時事的な問題を無視してきたとくりかえし非難したと述べ、たとえば一九五八年のアカデミーの会議での出来事をつぎのように語っている。「するとそのあとアレクサンダー・アーブッシュが、答えを自身すでに知っている問いを投げかけた。あなたは、ヴァルター・ウルブリヒトの誕生日を一度も評価しませんでしたか。わたしは、はいと答えた。するとクレラ教授殿が、その雑誌の号を手入れした指でつまんで、高くもちあげ、それを落としてこう叫んだ。この一〇年間東ドイツの存在が、言及されたことは一度もなかった(それは、いずれにせよ正しくなかったが)」(GWII, S. 376)。フーヘルは、この雑誌が、政治的に利用されることをかたくなに拒んだため、たびたびこのような非難や中傷にさらされた。

フーヘルが、こうした圧力にさらされている間に、東ドイツ市民の西側への移住の波は、ますます拡大し、とくにテクノクラートの多くが西側に移住したことに危機感をいだいた東ドイツ当局は、一九六一年八月ベルリンと東西ドイツの国境に壁をきずいた。

フーヘルは、東ドイツの文化当局からこの壁の建設に支持を表明するよう要請されたが、この壁によって西側の作家とのコンタクトがますますむずかしくなることを憂慮して、この要請をきっぱりと拒絶した。またこの時期、東西陣営の対立による冷戦構造が、過激さを増したが、核兵器開発が、人類を滅亡におとしいれることを予見したフーヘルは、詩『詩編』Psalm (GWI, S. 157) と『幾世代の聞こえぬ耳に』An taube Ohren der Geschlechter (GWI, S. 152f) によって、歴史から教訓を学ばない人間の愚かさに警告を発した。

V. 軟禁生活

一九六二年初頭から東ドイツの文化当局によるフーヘルへの攻撃は、激しさを増し、フーヘルは、雑誌『意味と形式』の編集方針を変更し、もうひとり編集長を立ててその人物に協力するよう指示された。要するに、雑誌が、東ドイツの共産主義イデオロギーの発揚の場となり、その文化的優位性を強調するよう編集されることを要求されたのだった。フーヘルは、もちろんこれを拒否し、七月のある会議で激昂のあまりみずから辞任を申し出て、この年の十二月に正式に辞任が決まった。しかし、この辞任は、みずから望んでそうしたのではなく、それまでのさまざまな嫌がらせや非難や中傷を受けたフーヘルが、いわば強いられて職を辞せざるをえなくなったのである。この時のフーヘルの心境は、彼が編集した『意味と形式』の最終号、一九六二年の一四巻五号／六号に掲載された数篇の詩のなかに痛切にあらわされている。

『踏み罠にかかった夢』Traum im Tellereisen

捕えられしおまえ、夢よ。
おまえのくるぶしは燃え、

踏み罠のなかで砕け散る。

風がまくりあげる
一片の樹皮。
開封された
倒れた樅の木の遺言、
書かれてあるのは
灰色の雨のなかを耐えて
消えることなく
樅の木の最後の遺言——
沈黙。

雹は刻みこむ
すべらかな黒い水たまりに
墓碑銘を。

(GWI, S. 155f)

この詩は、さらに一九六三年に刊行された詩集『街道　街道』の第五部に収められた。フーヘルは、一九七一年のインタヴューでこの詩について、「踏み罠にかかった夢は、私の運命だった。それは、政治的な詩だ。こう言い換えてもまったくよいだろう、『捕えられしおまえ、魂よ、捕えられしおまえ、人間よ』」(GWII, S. 371)と語っている。夢は、人間の心だった、みずからの信念を恃み、それを堅持して生きてきた正義の人間の心だった。それはしかし、罠が絞まると同時につぶされる。フーヘルは、政治という踏み罠のなかに捕えられて殺され、それまでの文学活動は、その成果が潰えさる。フーヘル自身の死のメタファーである切り倒された樅の木の樹皮に記された遺言は、墓碑銘としての沈黙である。

しかし、この沈黙は、ヒュプ・ナイセンが、「かならずしも表現の失敗ではなく、強要されて黙りこむことでもなく、言葉を自発的に放棄することである」[1]と述べているように、けっして否定的な意味ばかりをもっているわけではない。なぜなら、フーヘルは、一九五八年一月三十一日のルドヴィーク・クンデラに宛てた手紙で、「世界の沈黙は、永遠にはつづかないだろう。それは、目覚めた沈黙だ」(GWII, S. 341)と言っているからである。これは、ホセ・オルテガ・イ・ガセット **José Ortega y Gasset** が、エッセー『沈黙と隠喩』のなかでインド人の沈黙を考察して、「黙《もだ》すとは、言えるのに言わないでいることである。これは豊饒なる沈黙である。――単なる言葉の不在ではなく、むしろ言葉の緘黙であり、保留であり、沈静なのだ」[2]と述べている内容と通底する。「目覚めた沈黙」も「豊饒なる沈黙」も、みずからに言葉を封殺しながら、しかし外部に明確なメッセージを送る意思を含んでいる。それは、ヘルムート・カラーセク **Hellmuth Karasek** が、「世界をまえにして無言でみずからを封印するものだけは、消えない。鑿で穿たれたように、水のなかに書かれたものだけは、忘れられない。フーヘルの詩は、破壊しうるものの破壊しがたさを、もっとも無常なものの不滅さを『あつかっている』」[3]と述べ、また、フランツ・ショーナウアーが、「沈黙は、時代に身を抗する精神の最大限の可能性として語られる」[4]と述べるように、墓碑銘となった遺言である沈黙のもつ積極的な意味、沈黙が秘める不変の抵抗の精神をしめしている。それは、まさにフーヘルの文学姿勢そのものである。フーヘルは、いかに少数であろうと、この沈黙の言葉を聞きとる人間がいることを確信している。詩集『街道　街道』のなかのこの詩のまえに置かれた詩『テオフラストスの庭』Der Garten des Theophrast は、「昼、詩の白い火が／骨壺の上でおどるとき／思いおこせ／息子よ。思いおこせ／かつて語らいを木のように植えつけたひとびとを」（GWI, S. 155）と謳っている。ヨーロッパの文学の伝統に依拠する（骨壺のうえでおどる詩の白い火は、そのメタファーである）フーヘルは、「語らい」、すなわち「言葉」を息子の世代につたえようとしている。そして「踏み罠にかかった夢」をうしないながらも詩人は、しかし言葉が、消えることのない墓碑銘となって幾世代に受けつがれてゆくだろうことを信じているのである。

雑誌の編集長を解任されたあと、フーヘルは、旅行の禁止、ラジオ聴取の禁止、出版の禁止といったさまざまな嫌がらせを受けた。そして東ドイツの文化当局が、フーヘルが授与されることになった西ベルリンのフォンターネ賞を断るよう要請したために起こった争いの結果、一九六三年四月二十三日、「ドイツ芸術アカデミー文芸・国語育成局」秘書官アルフレート・クレラ Alfred Kurella が、最後通牒的な手紙をフーヘルに渡した。フーヘルは、それに答えなかった。フーヘルは、「そしてこの日からわたしは、もはや郵便も雑誌も受けとれなかった」[5]（GWII, S. 379）、と記している。

一九六二年に雑誌の編集長を辞したあと、フーヘルは、突然日々するべき仕事がなくなった。フーヘルは、ナイセンが「真空嫌悪」[6] Horror vacui と呼んだ状態におちいった。残ったのは、それまで書いた詩をまとめ、新たな詩を書き、他の詩人の詩を読むことだけだった。

一九六三年西ドイツのフィッシャー出版社 Verlag Fischer から、すでに述べた詩集『街道　街道』が出版された。五部から成るこの詩集は、第一詩集の『詩集』の刊行（一九四八年）後から雑誌『意味と形式』の編集長を解任される（一九六二年）までの詩を集めている。前半は過去に地中海の都市や島を旅行した記憶をもとに書かれた詩が大半を占め、後半は、自然のなかに不吉な徴を読みとろうとする詩人の苦境や第二次世界大戦時の苦難を描き、最終第五部では、東ドイツの文化当局との成算のない角逐によって疲弊した詩人が、核戦争の脅威を予見しながら、その苦渋をつたえている。この詩集全体をおおっている色調は、「死、傷、無防備、沈黙、見いだしがたさ、静けさ、灰色の雨、悲しみ、冷たさ、硬直、不安、厳しさ、絶望、荒涼」[7]である。この光景を直截にしめしているのが、さきに挙げた詩『詩篇』Psalm である。

人間の精子から
人間は
オリーブの木の種から
オリーブの木は
生まれない、
これは死のエレ尺で
測ることができる。

あそこのひとたちは
地中に

セメントの球のなかに住んでいる、
その強さは
鞭打つ雪をあびた
茎に似ている。

荒地は歴史になる。
白蟻は歴史を
そのはさみをつかって
砂のなかに書く。

そして探求されることはないだろう
みずからを滅ぼす
努力に汲々としている
世代は。

(GWI, S. 157)

この詩は、詩集『街道　街道』の最後に置かれている。エレ尺とは、腕の肘から手の中指までの五〇センチから一〇〇センチの長さの尺度で、現在も仕立て屋などにつかわれているもっとも古い自然の尺度である。それは、人間もオリーブももはや再生されない核に汚染された地球の近未来が、自身の身体に感得されるごく身近な死と隣り合わせとなっていることをあらわしている。人類がきずいてきた歴史は、荒れはてた廃墟となり、その歴史の教訓から人類はなにも学ぼうとしない。フーヘルは、ここでまさに世界の「終末論的な像」[8]を提示しているのである。

一九六四年十二月十八日に、二台のトラックがフーヘルの家に横づけされ、ヴィルヘルムスホルスト Wilhelmshorst 地区の職員が、彼の蔵書や書簡類をすべて押収して持ち去った。これにかんする裁判沙汰その他についての委細は、一九七二年におこなわれたフーヘルへのインタヴューで語られている（GWII, S. 379-381）。この裁判沙汰については、詩『裁判』Das Gericht（GWI, S. 225f）が、その経緯を描いている。その冒頭には、「権力のつばさのもとに暮らすために／生まれたのではなく／わたしは罪ある者の無実を受けいれた」と書かれている。独裁国家の東ドイツでは、被告となった者は、最初から有罪を科され、罪ある者として悔いる姿勢を見せることによって量刑を軽減してもらうことがよくあった。フーヘルは、しかしそうしなかった。フーヘルは、あくまでも自分の正しさを主張し、無実であることをひるがえそうとしなかった。[9]独裁国家の裁判の矛盾、不当をフーヘルは、冒頭で訴えているのである。しかし、この詩からは、怒りではなく、東ドイツの体制への絶望感と自身を取りまく閉塞感が、寂寞たる心情とともに痛切ににじみでてくる。

この詩『裁判』は、一九七二年に刊行された詩集『余命』Gezählte Tage の最後に置かれている。『余命』は、第二詩集の『街道　街道』の刊行後の一九六三年以降に書かれた詩をまとめている。それは、ポツダム Potsdam のヴィルヘルムスホルスト地区にあるフベルトゥスヴェーク Hubertusweg 通りの家に閉じこめられたフーヘルの、その後八年間つづくことになる軟禁生活のなかで書かれたものである。

『雑草』Unkraut

漆喰にしわがより、
家の壁からはがれ落ち、
モルタルの傷の転移が
幅の広いロープのように目立ついまになっても、
わたしはむきだしの指で
孔のあいた壁に書くつもりはない、
わたしの敵の名前を。

ばらばら落ちる瓦礫が雑草をそだてる、
石灰のように青白いイラクサが、
ひび割れたテラスの端にはびこる。
夕方ひそかにわたしにコークスを
運んでくれる石炭配達人たちが、
かごを地下室の石炭箱まで引きずってゆき、
うっかり者で、マツヨイグサを
踏みつける。

わたしはそれをまた引きおこす。

歓迎するのは、
雑草を愛し、
草が一面に生いしげる、
石ころだらけの小道をいとわない
客。
客はだれもこない。

くるのは石炭配達人。
彼らはきたないかごから
この世の黒い角ばった
悲しみをわたしの地下室にぶちまける。

(GWI, S. 224f)

この詩は、流刑地のように外界から閉ざされたヴィルヘルムホルストの孤独な軟禁生活の悲しみを描いている。彼をとりまく狭い隔絶した家の寂寥感が、雑草のあいだからしみ出てくる。しかし、一九六〇年代のこの時期、訪問客がひとりも来なかったわけではないことをナイセンは、指摘している。同時にまた彼は、軟禁生活以前の詩人の編集長としての多忙な日常にくらべて、その数はあまりにも少ないとも述べている。「客はだれもこない」という詩人の告白は、彼の気持ちの問題、まれに客が来たあとのよりいっそう深まる孤独感の痛切な表現であると推測している。[10] 腐朽し崩壊してゆく詩人の家は、彼の内面をも暗示しているかのようである。

タイトルとなっている雑草は、人間の目から見て役に立たない無用な植物である。しかし、それは、崩壊しつつある家の内部からおいそだつ生命力にみちた有機的生命として、詩人が愛するものでもある。詩人は、「人間によって手段＝目的関係に取りこまれず、――自身の権利を主張し自立して生きる」[11] 強靭な生としての雑草にみずからを仮託しているのだ。雑草は、苦難に耐え、しぶとく生きつづける詩人の矜持をしめしているいると言ってよいだろう。

石炭配達人たちは、シュタージの目をぬすんで万事不如意なフーヘル家に「ひそかに」石炭を運んでくれるが、彼らは、詩人がみずからを仮託する雑草をなんの気もなく踏みつける。この行為からは、彼らからも疎外されたよそ者としてのフーヘルの孤立感が、ますます強く浮びあがってくる。雑草を愛する少数の人びとは、フーヘル同様「熊手で掃き清められた秩序の敵対者」（GWI, S. 224）として、「自己責任をもった自身の生活への手放しがたい要求を再認識する」[12] フーヘルの仲間である。まれにしか訪わない客、生活の困窮、シュタージによる絶え間ない監視、こうした当局による理不尽な仕打ちは、フーヘルの心に滓のように堆積する「この世の黒い角ばった悲しみ」をなお一層つのらせる。この詩の最後の表現は、配達人によって「黒い角ばった」石炭が無造作に石炭箱に投げこまれるように、詩人が、よそ者として「当時時代のごみの山に投げすてられた」（GWII, S. 393）悲しみを直截にあらわしている。

フーヘルは、この軟禁生活の歳月に幾度も出国申請を出したが、そのつど却下された。一九六八年九月二十三日の最後の出国申請が拒絶されたあと、フーヘルは、攻勢に出て老齢年金の問題で当局とあらそった。その間の多くの作家たちによる援助とともに、一九七〇年十月の国際ペンクラブのはたらきかけで、翌年二月にフーヘルの出国申請が受理された。[13] 出国日は、一九七一年四月二十七日だった。詩集『余命』のなかにこの日のことが、描かれている。

『わたしの立ち去る日に』Am Tage meines Fortgehns

わたしの立ち去る日に
コクマルカラスたちは
蚊のきらめく網のなかをとおってのがれてゆく。

畑に
貨物列車の煙がはりつき、
空は雨の糸を撚りあわされ、
それから灰色のフェルトになる、
それはぬれた車線に
引きおろされた
黒い布。

名前、
瘢痕になり新しい細胞に
おおいつくされた、
木のなかの
ゆがんだ文字のように——
冷たい息が
言葉の脱穀場のうえを吹きすぎる。
昼のアザミは
納屋の干し草の光のなかに消えた。

たなびく草の
軽いうねりが
石にあたって弱まる。
老いさらばえて、
刃の鈍い斧をもった
一年が、日雇い労務者のように、
アナグマのあとを追って
丘をこえて立ち去る。

虚空が
岸辺のツバメの
粘土の巣穴のなかでうなりをあげる。

(GWI, S. 221)

数人の友人が見送った旅立ちは、雪の降るさびしいものだった。この詩は、「フーヘルが、ほとんどそのすべての人生を過ごした風景から、彼が、ほぼ二〇年間暮らした家から、友人たちから別れをつげる[14]」詩人の寂寞とした心象を映しだしている。逃げてゆくコクマルカラスにみずからを仮託した詩人には、瘢痕となった数々の友人、知人の名前が浮かぶが、それもこれから向かう未知の世界、親交のあった人びとのいない西側の世界で新しい気疎い名前にとってかえられる。その名前は、読みとれない文字のように彼のまえにあらわれる。みずからが恃みとする豊かな精神の世界を創造した「言葉の脱穀場」は、やがて「からっぽ」(GWI, S. 313) の様相を呈するだろう。かつて「言葉のための防御[15]」だったアザミは、「記憶の宮殿」の重要な要素だった「納屋の干し草」のなかに消え、言葉の効力そのものがうしなわれてしまう。老いて意味をうしなった年月が、いたずらに過ぎてゆく。「虚空」のむなしさが、すべてをおおっている。

VI. 出国後

一九七一年五月十四日フーヘル一家は、短期間ミュンヒェンに滞在したのちローマのヴィラ・マッシモ Villa Massimo に着いた。ここは、ドイツ連邦共和国の文化宿泊施設で、芸術上のすぐれた業績を上げた芸術家に奨学金があたえられた。この滞在は、翌年五月までつづき、この間に彼は、一九六二年以降に書いた詩を推敲し、第三詩集（『余命』）として上梓しようと考え、その仕事に専心した。

フーヘルは、イタリアをとても気に入った。かがやく太陽、豊かな文化遺産、開放的な雰囲気、すべてが、フーヘルのそれまでの閉ざされた心の氷を溶かすかのようだった。一九七一年のあるインタヴューで、「わたしがいちばん滞在したいのはイタリアで、ローマとナポリのあいだのどこか入り江の村に住みたい」（GWII, S. 372）と告白している。

しかし、ヴィラ・マッシモの滞在期限は一年だった。そこでフーヘル一家は、一九七二年五月三日にローマをあとにし、ドイツのフライブルク Freiburg 近郊のシュタウフェン・イム・ブライスガウ Staufen im Breisgau に引き移った。ここはしかし、フーヘルはあまり気に入らなかった。彼は、このシュタウフェンの住まいを「老人になった自分の美しい避難宿」[1]と呼んだ。ハンス・ディーター・シュミット Hans Dieter Schmidt によれば、バート・メルゲントハイム Bad Mergentheim からヴェルトハイム Wertheim までドライブをしたとき、フーヘルは、こう感想をもらした。「タウバー川の左右のゆるやかな丘を擁したこの土地のほうが、シュヴァルツヴァルトの狭い谷あいの風景よりもずっと気に入った。『わたしは、広大で開放的な風景、ブランデンブルク、そもそも東方、ポーランドやロシアが好きだ。いずれもみな、とても美しい国々だ。わたしには、多くの空が必要だ。……』。しばらくしてフーヘルは、こうつづけた。『そもそもわたしは、あの大きなブランデンブルクの風景から一度もはなれたことがなかった。その地でわたしは、ポツダム近郊のアルト＝ランガーヴィッシュの祖父の家で幼年時代をすごした、女中や作男、草刈り人夫や鋳掛け屋といっしょに、穀物畑と馬小屋のあいだで。それが、わたしの抒情詩を決定的に決めた。今日もなおそうだ』[2]。フーヘルにとって「記憶の宮殿」は、もはやこのシュタウフェンの風景によって豊かになることはなかった。ブランデンブルクは、なつかしい風景であるばかりでなく、そこですごした歳月、親交をむすんだ人びとをも意味していた。それが、いまや決定的にうしなわれてしまったことをフーヘルは悟らざるをえなかった。

第三詩集『余命』は、不吉なタイトルである。これは、ドイツ語で Gezählte Tage と書く。字義的には「数えられる日々」をあらわすこの言葉は、フーヘルにとって軟禁状態に置かれたフベルトゥスヴェークの孤立と孤独の日々ばかりでなく、人生の残りそのものをも示唆している。

『余命』Gezählte Tage

余命、あまたの声、声、
太陽と風がまえもっておくった、

さらさら鳴る葉々をしたがえた声、
まだ川が
霧を葦のなかにたくわえるまえに。

あの町を忘れよ、
ハイビスカスの木の下で
ラバが朝方鞍をつけられ、
ベルトが締められ、かばんが詰められ、
まだ泉が雨のなかで眠っているころ、
女たちが台所の火のそばに立つあの町を。
バイカウツギの香りに麻痺した
あの道を忘れよ、
玄関マットの下に鍵の置いてある
あのせまい扉を忘れよ。

背中合わせの
ふたつの影、
ふたりの男が凍てついた草むらで待っている。

もはやおまえの時でない
時、
霧と風がまえもっておくった
あまたの声。

(GWI, S. 184)

詩集のタイトル詩であるこの詩の初出は、一九六七年の『新ドイツ雑誌一五巻一一七号』Neue Deutsche Hefte 15, Nr. 117 である。決定稿は、一九七二年／七三年の『年輪七二号／七三号』Jahresring 72/73 に掲載された。初稿と決定稿の相違は、フーヘルの作詩の方法のプロセスを特徴づける「簡略化、停滞、集中化」[3]である。冒頭の呼びかけはどういう意味なのだろう。余命と同格のこの声はなんなのだろう。太陽と風がおくってくる声は、葉のそよぎをともなった喜ばしい声なのだろうか。それとも「川が霧を葦のなかにたくわえる」という不吉な結末（死）を予想したおそろしい声なのだろうか。いずれにせよこの結末のまえに、詩人に「数えられる日々」としての多くの人びとの声がおくられる。これから「余命」をすごす詩人は、その声の一つひとつを聞き分けなければならない。

運命として「余命」をさずけられた詩人は、過去に目を向けざるをえない。しかし、かつて若い頃旅した南方の体験は、記憶の彼方に葬られなければならない。「思いだされる人生としてのみの人生、これは、忘れられるべきものである」[4]。過去の記憶がみずからのアイデンティティを形成していた詩人は、しかしその記憶をみずから消し去ろうとする。隔離され疎外された現在の状況は、詩人のアイデンティティを喪失させる。それほどに軟禁生活の苦境は、詩人にとって耐えがたいものだったのだろう。詩人は、もはや「記憶の宮殿」に逃げこむことは許されない。なぜなら、いま現実に目のまえにある孤立と孤独の日々が、自身が死ぬまでつづくということ、すなわち「自己であることと世界の所有の統一」[5]が永久に失われるということをフーヘルは、終末にまでいたる「余命」として痛切に感じとっているからである。[6]

現実には、「背中合わせのふたつの影」＝ふたりの男が、フーヘルの家を見張っている。シュタージによる監視のなかで、もはや充実した創造的な時間を詩人はもつことはできず、つねに緊張した生活を強いられる。声は、今度は「霧と風」によって、すなわち死をともなっておくられる。余命の人生は、このように不吉な運命によって暗い影におおわれている。

『余命』よりもさらに不吉なひびきをあたえる詩集が、一九七九年に刊行された。タイトルは、『第九時』Die neunte Stunde である。これは、聖書のマタイ福音書第二七章四六節の「そして九時にイエスは大声で叫んでこう言った。エリ・エリ・ラマ・アサブタニ、すなわち神よ、神よ、なにゆえわれを見捨てたまいしか」(GWI, S. 439) と関係している。九時にキリストは、磔刑に処せられた。この死を意識した実存的な問題が、この詩集の全体をおおっている。

『第九時』Die neunte Stunde

暑さが石のなかに
預言者の言葉を穿つ。
ひとりの男が大儀そうに

丘をのぼってゆく、
その牧人の袋には
第九時と、
くぎとハンマーがはいっている。

山羊の群れの乾いたかがやきが
空中で裂け、
火口となって地平線の向こうに墜ちてゆく。　(GWI, S. 241)

この詩は、一九七二年から一九七九年までの作品がおさめられた詩集『第九時』のタイトル詩である。牧人の袋のなかに第九時（当時の午後三時）とくぎとハンマーが入っていることによって、この詩が、キリスト礫刑の出来事をあらわしていることがわかる。[7] また、聖書のマタイ福音書二七章四五―五一節にキリストが礫にされたとき、地上が暗くなり、神殿の幕がふたつに裂けたことが語られているが、この現象は、第二連の三行の自然現象に移しかえられている。すでに述べたように、フーヘルの詩法の特徴は、自身の心情や考えを自然事象に仮託して比喩的に表現するところにある。これは、詩人の詩的自我と自然形象が等価であることを意味している。そしてここでは、死の風景と徴《しるし》が直截に語られていることから、キリストに仮託した詩人自身の滅びの意識が問題となっているのである。フーベルト・オール Hubert Ohl は、この点において「このような個人的な運命とキリストの礫刑の混交は、不遜な神聖冒瀆ではないのだろうか」[8]と疑問を呈しつつ、それにみずからこう答えている。「この意味でフーヘルの詩は、まじめに受けとってはいるが、字義どおりには受けとらない宗教的出来事の世俗的な本歌取りである。この詩は、人間が人間のために苦悩することに対する宗教的伝統を透過させることによって宗教的出来事に対しその尊厳をまもっている。……フーヘルの詩は、どの人間も内にもっているあの『第九時』について語っている。たしかにそれは、死が、生の最終的な終わりを意味する内在の位置から語りでている」[9]。キリストの死を自分の死と重ねあわせる詩人は、死が生のなかに最初からふくまれていることを語ることによって、死と諦念を実存的な深みから認識していると言える。

この側面を用語の点から見てみると、「暑さ」Hitze、「かがやき」Glanz、「火口」Zunder のなかにふくまれる「z」の音は、その鋭さと強さを押しだすことによって火と破壊の仮借なさを思いおこさせる。また、reißen（裂け）と fallen（墜ちてゆく）は、暴力的で破壊的な動きをあらわすことによって、地上の生命の終末的な破局を暗示し、第二連三行のかがやきが、空中で裂け、地平線のかなたに墜ちてゆくあとにおとずれる暗闇は、荒蕪と死を予感させるのである[10]。

ところで、フーヘルは、シュタウフェンに落ち着いてからたびたび旅に出た、しかも朗読会の旅に。ナイセンによれば、その理由は三つあった。ひとつは、収入を得るため（彼は、一九七四年のあるインタヴューで、「詩をたずさえてどさ回りに行く」（GWII, S. 394）、と自嘲気味に語っている）。もうひとつは、シュタウフェンに居心地の悪さを感じたため。三つ目の、そしてこれがいちばん重要だったが、東ドイツでの八年間の精神的、肉体的軟禁生活による抑圧への反動である[11]。朗読会は、最初は多くの人びとに好意的に受けいれられたが、しかしフーヘルは、しだいに若い世代とのギャップに苦しむようになった。ヴァルター・ヒルデブラント Walter Hildebrandt は、一九七七年のある小都市で催された市民大学講座の朗読会の様子、とくに若い人びとのフーヘルの詩への無理解をつぎのように総括している。「定期的に開かれたペーター・フーヘルの朗読会は、多くの若い人びとの教養の限界をしめしているばかりでなく、――そして彼らが、この教養の概念をもはや受けいれることができないほどドイツ人全体の運命との信じがたいほどの懸隔――、ひとりの男の孤独、東ドイツで最高の精神的な職責にのぼり、それから全ドイツ的な流刑地、おそらくこう言ったほうがよいだろうが、全ドイツ的な国内亡命への道をえらんだひとりの男の運命をもしめしている[12]」。

フーヘルは、出国からしばらくしてあるインタヴュー(一九七二年)でこう告白している。「しかし、わたしは、いまもなお私がこの風景を離れなければならず、わたしにとってきわめて重要な友人たちからも去らなければならなかったことに苦しんでいる。……しかし、わたしは、いまだによくわたしの友人たちのことを思いだす。わたしは、こうした友人たちをここで見つけることはないだろう、そのこともわたしにはわかっている」(GWII, S. 386)。この喪失感と悲しみをフーヘルが終生いだいていただろうことは、想像に難くない。しかもこれに先の聴衆の無理解がくわわる。出国によって自由を得たフーヘルは、しかしその解放感とは裏腹にますます深い孤独感に苛まれるのである。ヴォルフガング・ハイデンライヒ Wolfgang Heidenreich は、フーヘルのせわしない旅行や朗読の旅について、「シュタウフェンの歳月のフーヘルの旅路は、やすらぎも故郷もうしなった人間をしめしている[13]」と解釈している。

最後の詩集『第九時』は、全体的に死を意識した詩で構成されている。そのなかで、フーヘルみずからに仮託した歴史的人物が登場する詩がある。

「アリステアス　II」Aristeas II

腐った水のなかの杭の
孤独、
水がもる船べりを
死んだねずみがひっかく。
ここに昼間わたしは座っている、
老人となって、
港の倉庫の影につつまれ、
石臼の上に。

かつては川の水先案内人、
しかしのちにわたしは船をあやつり、わずかな積荷を
潮の満ち干のなかを上《かみ》の北へ運んだ。
船長たちは密輸品で支払った、
暮らしはよかった、女はじゅうぶんいたし、
帆布もたくさんあった。

名前はしだいに闇に消えてゆき、
わたしの目の奥にある
テクストを解読する者はだれもいない。
わたし、カユストロビオスの息子であるアリステアスは、
行方しれずとなっていた、
神はわたしを追放した
この狭くきたない港に、
ここはキンメリアの渡し舟からほど近く
民は毛皮と護符を商っている。

夜になっても晒布屋《さらし》の水車はまだ大きな音をたてている。
ときどきわたしはカラスとなって
あの向こうの川岸のポプラの木にうずくまる、
沈んでゆく太陽の日ざしをあびて身じろぎもせず、
凍りついたいかだの上に住む
死を予感しながら。

(GWI, S. 234)

この詩は、一九七六年に刊行された『悲しみにひとは住めない』[14] Unbewohnbar die Trauer, Originallithografien von Piero Dorazio という手書きの複写でできた小さな詩集におさめられている。それと同時に、雑誌『年輪七六号／七七号』Jahresring 76/77 にも発表された。

アリステアスは、ヘロドトスの『歴史』（第四巻一三―一六）に出てくる伝説の詩人である。彼は、古代ギリシアのプロコンネソスの出身で、ギリシア神話の神アポローンを崇拝した。彼が晒布屋《さらし》のなかで死んだとき、死体が見つからず、同じ日にある男が、キュジコスに向かっているアリステアスに会ったと主張した。アリステアスは、七年後にプロコンネソスにあらわれて、『アリマスポイ物語』という叙事詩を書いたあと、また姿を消した。ヘロドトスによると、アリステアスの二度目の失踪からさらに二四〇年後に、詩人が、今度はイタリアのメタポンティオンにあらわれて、アポローンの祭壇を設けて、その傍らに「プロコンネソスのアリステアス」の名をつけた像を据えるよう命じた。アリステアスの言うには、アポローンに随行してこのイタリアの町に来たが、そのとき自分は鳥の姿だった。こう言って彼は、また姿を消した。以上が『歴史』に描かれたアリステアスの伝説の物語である。ハイデンライヒは、それをフーヘルとのつながりでこう述べている。「彼（フーヘル）の詩的な仮面は、塩のかさぶたでおおわれた失踪したオデュッセウスと、ヘロドトスによって描かれた詩人像アリステアスである。アリステアスは、キンメリア地方を数百年もさまよい、死の影さす道の途上で消えてしまう――たしかに二度アポローンへの崇拝をうながしながら帰還し、それから二度とのちに生まれた人びとのまえにあらわれない[15]」。

詩『アリステアス II』のなかの「水先案内人」は、第三連のキンメリアの渡し船と関係し、スキュティア地方に「キンメリア渡し」があったことに拠る（『歴史』第四巻一二）。この詩は、二度失踪したアリステアスの老いた姿を描いている。カラスへの言及は、アポローンに随行したときのアリステアスを示唆し[16]、晒布屋は、アリステアスが、そこで急死したことを暗示している。

　このようにこの詩は、『歴史』の記述をふまえて書かれているが、ここでは老いて異郷の地に追放されたアリステアスの身の上と、晩年のフーヘルの状況が重ねあわされている。日ざしを浴びながら、老いて石臼の上にすわりつづけるフーヘルの孤影。杭の孤独は、彼自身の孤独の深淵を明けもらしている。そして彼は、すでにみずからの死を予感している。かつて親交をまじえた人びとの名前も、異郷の西ドイツ（当時）に暮らすフーヘルの記憶から消えてゆく。自分の書いた詩（わたしの目の奥にある／テクスト）も、いまはもう誰も理解してくれない。生きる屍のようになった詩人は、かつて作った詩句を思いだしているかもしれない。第二次世界大戦の悲惨さを想起させる詩『ポプラ』Die Pappeln のなかで、詩人は、「水の／凍える声が嘆いた／おびただしい死がいかだとなって流れていった」(GWI, S. 145)、と謳っている。自身の死も、このように名もなく打ちすてられて、いかだとなって流れてゆくのだろう。この川をアクセル・フィーアエク Axel Vieregg は、冥界を流れる川アケロン Acheron と解釈している。「彼（フーヘル）は、……自分が、ここで凍りついたいかだを見つめているアケロンの彼岸は、地獄だということを知っている」[17]。渡し守カローンの舟ではこばれる先は、すべての望みを絶たれた地獄の世界、すなわち絶望の世界でしかない。死による救済も彼には許されない。

　このような精神的苦難のなかで、詩人は、一九八一年四月三十日に亡くなった。すべてを諦めたかのように、このような詩を遺して。

『よそ者は立ち去る』Der Fremde geht davon

よそ者は立ち去る
そのまえに雨と苔でできた刻印を
すばやく壁に押した。
川原石のなかのハシバミの実が
白い目で彼のすがたを追う。

かずかずの季節、不運、追悼文――
心わずらうこともなくよそ者は立ち去る。(GWI, S. 258)

註

I．少年時代

1 Aurelius Augustinus :『告白』Confessiones 第一〇巻第八章を参照。この文言は、詩集『街道　街道』Chausseen Chausseen 巻頭に載っている。

2 Vgl. GWII, S. 425　Der Nobiskrug は、祈禱の様子をつぎのように描いている。「いまは上弦の月だ。ツィーゲナーは、あちこち村を通って、病人に息を吹きかける。いま彼は、赤く汗びっしょりになって大きな羽根布団をかけたミュラーのベッドの枕辺にすわる。ツィーゲナーは、病人のうえに身をかがめ、胸に息を吹きかける。意味ありげに頭をゆする。それから三度複雑な呪文をつぶやき、病気の箇所に三度十文字に息を吹きかけ、『傷の棒』で三度その個所をなでる。ミュラーは、弱っていて、ほとんど頭をもちあげることができない。しかし、彼は、ふるえる手で窓を指す。ツィーゲナーにはわかっている。彼は、窓台にゆき、そこの皿のうえに置いてある一ターラーをふところにしまう。『これで全部か』、と彼は、不機嫌に質し、振り向く。『それで病気の牝牛はどうする』。『今度の新月に』、とミュラーは、しわがれた声でささやく。『まだ牛に効き目があればいいのだが』、とツィーゲナーは、肩をすくめて言う。『明日の晩また来てくれ』、とミュラーは、喉をぜいぜい鳴らしながら言う」(GWII, S.151)。

3 Vgl. Peter Huchel: Der Preisträger dankt. In: Peter Huchel. Hrsg. v. Axel Vieregg. Suhrkamp Verlag, Frankfurt am Main 1986, S.15-19 受賞講演は、「一九七四年ペーター・フーヘルへのドイツ・フリーメーソン文学賞の授与に際しての講演」で、一九七四年五月二十六日ハンブルクでおこなわれた。註5、6の引用文は、ほぼ同じ文言で、一九七七年のインタヴュー »Die Idylle war durchlöchert. Rede zur Verleihung des Literaturpreises der Europalia 77«(GWII, S. 331)に記されている。

4 ebd., S. 15

5 ebd., S. 17

6 ebd.

7 ebd., S. 16

8 Jürgen Gregolin: »Merkwürdige menschliche Gestalten« Zur literarischen Figur des ›Unterprivilegierten‹ im Frühwerk Peter Huchels. In: Peter Huchel. Hrsg. v. Axel Vieregg, Suhrkamp Verlag, Frankfurt am Main 1986, S. 118

9 Theodor W. Adorno: Noten zur Literatur I. Suhrkamp Veralg, Frankfurt am Main 1973, S. 64

II．青年時代

1 Hub Nijssen: Der heimliche König. Leben und Werk von Peter Huchel. Verlag Königshausen & Neumann GmbH, Würzburg 1998, S. 27
2 ebd., S. 83 ヒュプ・ナイセン Hub Nijssen は、その日付を一九三〇年六月六日としている。
3 ebd., S. 100
4 ebd., S. 99
5 Alfred Kantorowicz: Deutsches Tagebuch Erster Teil. Kindler Verlag, München 1959, S. 102f.
6 Hub Nijssen: Der heimliche König. Leben und Werk von Peter Huchel. S. 133
7 ebd., S. 99
8 Rudolf Hartung: »Gezählte Tage«. In: Über Peter Huchel. Hrsg. v. Hans Mayer, Suhrkamp Verlag, Frankfurt am Main 1973, S. 120

III．第二次世界大戦後

1 Hub Nijssen: Der heimliche König. Leben und Werk von Peter Huchel. S. 175
2 ebd.
3 ebd., S. 191
4 Ulrike Edschmid: Verletzte Grenzen Zwei Frauen, zwei Lebensgeschichten. Luchterhand Literaturverlag, Hamburg, Zürich 1992, S. 125
5 Hub Nijssen: Der heimliche König. Leben und Werk von Peter Huchel. S. 203
6 Vgl. ebd., S. 175 f.
7 Hub Nijssen: Der heimliche König. Leben und Werk von Peter Huchel. S. 209f.

8 ebd.
9 ebd., S. 209f.
10 ebd., S. 211
11 Vgl. ebd., S. 223
12 Franz Schonauer: Peter Huchel: Porträt eines Lyrikers. In: Über Peter Huchel. S. 47

Ⅳ・東ドイツ当局との軋轢

1 Hub Nijssen: Der heimliche König. Leben und Werk von Peter Huchel. S. 251
2 Bernd Goldmann: Hans Henny Jahnn　Peter Huchel. Ein Briefwechsel 1951-1959. v. Hase & Koehler Verlag, Mainz 1974. S. 39
3 Vgl. 杉浦謙介：『フーヘル研究――詩集のツィクルス構造と「徴」・「ことば」・少数民族形象――』雄松堂出版 二〇〇四年。このなかで「自然という書物」という概念の文学史的展開が詳述されている。参照：五二～五六頁
4 Franz Schonauer: Peter Huchel: Porträt eines Lyrikers. S. 43
5 Hub Nijssen: Der heimliche König. Leben und Werk von Peter Huchel. S. 251
6 Franz Schonauer: Peter Huchel: Porträt eines Lyrikers. S. 45
7 Hub Nijssen: Der heimliche König. Leben und Werk von Peter Huchel. S. 539
8 ebd., S. 274
9 Vgl. ebd., S. 274 f.
10 ebd., S. 304
11 Hans Mayer: Zu Gedichten von Peter Huchel. In: Peter Huchel. Hrsg. v. Axel Vieregg. S. 210f.
12 ebd., S. 211

13 ebd., S. 210f.
14 ebd., S. 211
15 ebd., S. 212
16 Vgl. ebd.
17 Peter Huchel: Wie soll man da Gedichte schreiben Briefe 1925-1977. Hrsg. v. Hub Nijssen, Suhrkamp Verlag, Frankfurt am Main 2000, S. 305

V. 軟禁生活

1 Hub Nijssen: Der heimliche König. Leben und Werk von Peter Huchel. S. 503
2 ホセ・オルテガ・イ・ガセー『沈黙と隠喩』 河出書房新社、一九八七年。二四二頁
3 Hermuth Karasek: Peter Huchel. In: Über Peter Huchel. S. 16
4 Franz Schonauer: Peter Huchel: Porträt eines Lyrikers. In: Über Peter Huchel. S. 46
5 この間の消息については、拙訳『洗濯日』の解釈を参照されたい。
6 Hub Nijssen: Der heimliche König. Leben und Werk von Peter Huchel. S. 377
7 Franz Schonauer: Peter Huchel: Porträt eines Lyrikers. S. 45
8 ebd., S. 47
9 Hub Nijssen: Der heimliche König. Leben und Werk von Peter Huchel. S. 381
10 ebd., S. 386-394
11 Hubert Ohl: »...IM GROSSEN HOF MEINES GEDÄCHTNISSES« Aspekte der *memoria* in Peter Huchels Gedichtband ›Gezählte Tage‹. In: Jahrbuch des Freien Deutschen Hochstifts. Hrsg. v. Christoph Perels. Max Niemeyer Verlag, Tübingen 1993, S. 299f.

12 ebd., S. 300

13 一九七〇年十月十七日に『タイムズ』The Times 紙は、つぎのような国際ペンクラブの記事を載せた。

「ペンクラブによるアピール

『存命中の瞑想的な詩人のなかでもっとも勇気があり、人間味あふれることはまちがいない』、とT.L.S. の評者のひとりは、かつてペーター・フーヘルを表現した。これまでフーヘルの詩は、一九六二年以降ひとつもドイツ民主共和国で発表されていない。この年彼は、文学雑誌『意味と形式』の編集者の地位を奪われた。さらに悪いことには、国際ペンクラブの事務局長デイビット・カーヴァーによれば、フーヘルは、ますます隔離された生活を強いられている。カーヴァーは、ごく最近ウルブリヒト氏に『なんらかの説明』をもとめる手紙を出した。手紙のなかで彼は、フーヘルの状況は、『ますます耐えがたいものに』なってきていると書いている。詩人は、郵便物も本も受けとれず、カナダ、スウェーデン、スイスからの講演や詩の朗読会への招待状は、彼に届かず、教育・文化省は、それへの返事すら出さない。

年金受給年齢に達した東ドイツ人は、通常西ドイツを訪問することを許されるが、フーヘルはできない。一九〇三年に生まれた彼は、西側を訪れるためのすべての申請を拒否された。カーヴァーの手紙は、アーサー・ミラー、グレアム・グリーン、ピエール・エマニュエル、ハインリヒ・ベルその他の人びとによって支持されている。」

("The Times Diary" 17. 10. 1970, The Times Digital Archive より)

14 Hub Nijssen: Der heimliche König. Leben und Werk von Peter Huchel. S. 403

15 Christof Siemes: Das Testament gestürzter Tannen, das lyrische Werk Peter Huchels. Rombach. GmbH Druck- und Verlagshaus, Freiburg im Breisgau 1996, S. 190

VI．出国後

1 Hub Nijssen: Der heimliche König. Leben und Werk von Peter Huchel. S. 411

2 Hans Dieter Schmidt: »Der Fremde geht davon ...« Erinnerungen an den Dichter Peter Huchel. In: Peter Huchel. Hrsg. v. Axel Vieregg. S. 300

3 Hubert Ohl: Peter Huchel: Das lyrische Werk im Spiegel seiner Titelgedichte. In: Peter Huchel. Hrsg. v. Axel Vieregg. S. 147　オールは、この論考で初稿と決定稿の詩の異同の特徴をきわめて明快に解釈している。

4 ebd., S. 145

5 Hubert Ohl: »...IM GROSSEN HOF MEINES GEDÄCHTNISSES« Aspekte der *memoria* in Peter Huchels Gedichtband ›Gezählte Tage‹. S. 301

6 Hubert Ohl: Peter Huchel: Das lyrische Werk im Spiegel seiner Titelgedichte. S. 146）フーベルト・オールは、この詩のタイトルをつぎのように解釈している。「『数えられる日々』——これは、幽閉された者の監視され、記録された日々かもしれないし、しかしまた彼が、その終わりを期待するかぎり、彼自身によって『数えられる』日々かもしれない。結局はまた、彼の記憶が、彼のまえで『数えあげ』、つかみそこなった人生のさまざまな形象として突きつけるあの日々なのかもしれない」。たしかにこの時期のフーヘルの状況を考えると、「数えられる日々」は、軟禁生活の日々、すなわち過去の人生の日々を示唆しているように思われるが、詩のなかで二度つかわれる「まえもっておくった声」を考えると、将来に待ちうける日々とも解釈できる。しかもその日々が、フーヘルの詩ではまがまがしいものとして象徴される霧と風によっておくられるのであれば、ここでは死もまた含意されていると考えられる。

7 ヨアヒム・ミュラー Joachim Müller は、この牧人をヨハネ福音書の記述（第一〇章一一節）からキリスト自身と断定している。「詩のなかで苦労して丘を登ってゆく男は、疑いなくキリスト本人である。それは、牧人の袋から知れる——家畜の群れを守る牧人キリストのトポスは、ヨハネ福音書（第一〇章一二《ママ》節）に依拠する」Joachim Müller: Verwandelte Welt – zur Lyrik Peter Huchels. In: Universitas, Zeitschrift für Wissenschaft, Kunst und Literatur. 37 Jahrgang, 1982, 1 Band, Heft 1-6, S. 588　また一方、エルスベート・プルファー Elsbeth Pulver は、この牧人をキリストの磔刑を執行する刑吏と見ている。「牧歌的な自然抒情詩の形象である牧人は、死を告げる使者、いやそれどころか死刑執行人となった。彼を取りまく自然は、死の風景となり、むしろ詩集の全体から見ると、生の境界と直接境を接する、死の黴の混ざりあった風景となった」Elsbeth Pulver: Das brüchige Gold der Toten *Zum neuen Gedichtband von Peter Huchel: »Die neunte Stunde«*. In: Peter Huchel. Hrsg. v. Axel Vieregg. S. 185

8 Hubert Ohl: Peter Huchel: Das lyrische Werk im Spiegel seiner Titelgedichte. S. 151

9 ebd.

10 Vgl. Cornelia Freytag: Weltsituationen in der Lyrik Peter Huchels. Peter Lang GmbH, Europäischer Verlag der Wissenschaften, Frankfurt am Main 1998, S. 178f.

11 Hub Nijssen: Der heimliche König. Leben und Werk von Peter Huchel. S. 423

12 Walter Hildebrandt: Hinweise auf Unvollkommenes Notitzen über eine gesamtdeutsche Matinee. In: Peter Huchel. Hrsg. v. Axel Vieregg. S. 298

13 Wolfgang Heidenreich: »...eine Notherberge für meine letzten Jahre...«, Peter Huchel in Staufen im Breisgau (1972-1981). Spuren 47, Deutsche Schillergesellschaft Marbach am Necker 1999, S. 12

14 筆者はこの詩集の一九七八年版をもっている。Peter Huchel: Unbewohnbar die Trauer, 8 Originallithografien von Piero Dorazio. Erker-Verlag, St. Gallen 1978

15 Wolfgang Heidenreich: »...eine Notherberge für meine letzten Jahre...«, Peter Huchel in Staufen im Breisgau (1972-1981). S. 12

16 一九七〇年に発表された『アリステアス』Aristeas（GWI, S. 207）では、「わたし、アリステアス／カラスとなって神にしたがい」と書かれている。この詩は、詩集『第九時』に『アリステアスI』（GWI, S. 233）としても収められている。

17 Axel Vieregg: Peter Huchels Lyrik. In: Peter Huchel. Hrsg. v. Axel Vieregg. S. 87

第2章　作品解釈

1.『ポーランドの草刈り人夫』Der polnische Schnitter

嘆くな、黄金の目をした鈴ガエルよ、
藻のただよう池の水のなかで。
大きな貝のように
夜天はざわめき揺れる。
そのざわめきはおれを故郷へ呼びもどす。

草刈り鎌を肩にかついで
おれはあかるい街道を下ってゆく、
まわりを犬たちがほえ、
すすけた鍛冶屋のそばを通ると、
暗く金敷が眠っている。

戸外の分農場の端に

ポプラがただよう
ミルク色した月の光をあびて。
畑はまだ熱く息をしている
コオロギの叫びのなかで。

おお、大地の火よ、
おれの心臓はべつの灼熱をもっている。
畑から畑へとおれは草を刈りながら、
茎一本おれのものではなかった。

秋の荒らしよ、去れ！
人気ない大地に
腹をすかせたヤマネたちが目ざめる。
おれはひとりでは
あかるい街道を行かない。

夜の淵に
脱穀場の穀粒のように

星がまたたくと、
おれは帰る故郷の東の国へ、
朝焼けのなかへ。

(GWI, S. 54f)

ペーター・フーヘル Peter Huchel は、幼年時代の体験をただたんに自然との一体感のなかに融解させていたわけではなかった。二年余りにわたる（一九〇七年―〇九年）アルト＝ランガーヴィッシュ Alt-Langerwisch の祖父の農場での生活のなかで、彼はしだいに農場の仕事の手伝いをするようになった。馬や鶏の世話をし、干し草刈りやジャガイモの収穫のような重労働の手伝いをすることによって、自分を取り巻く自然が、「わたしにとって喰うか喰われるかの世界」(GWII, S. 393) であることを悟った。フーヘルは、その認識の変化をこう表現している。「自然は、わたしにとってなにかとても恐ろしいものだ。幼年時代の牧歌は、あっという間に破壊された。というのも、わたしは、じきに作男や女中、ジプシーや煉瓦工、ポーランドの草刈り人夫と知り合ったからだった」(GWII, S. 393)。

社会の下層に位置する人びとへのまなざしは、この幼年時代に育まれたが、しかしその社会批判的意識が決定的になったのは、一九二〇年の「カップ一揆」Kapp-Putsch においてだった。一九一八年、皇帝ヴィルヘルムII世によるドイツ帝国が、第一次世界大戦に敗北して崩壊し、ワイマール共和国が生まれた。左派と右派がはげしく対立するなかで誕生したこの共和国は、最初から混乱をきわめ、はやくも一九二〇年、反動的な政治家ヴォルフガング・カップ Wolfgang Kapp が、義勇軍と組んで一揆をくわだてた。この一揆は、労働者のゼネストと公務員の共和国への忠誠によってつぶれたが、ここで重要なのは、フーヘルがこの一揆に参加したことである。

フーヘルは、この一揆に参加して、右のふとももを負傷した。[1] 二ヵ月間入院した病院で、おなじく負傷した労働者たちと知り合い、彼らとさまざまな問題を語り合うなかで、アンリ・バルビュス Henri Barbusse の『砲火』[2] Le Feu を読むよう勧められた。「そしてそのときから、わたしは完全に赤になった」（GWII, S. 371）。しかしその後の人生は、彼自身の言うように「ジグザグに」（GWII, S. 217）すすんでゆく。ナチスの政権掌握まえの不穏な時代に、生活に不安を感じながらもナチスを厳しく拒絶した詩人が、ナチス時代には危険を避けてラジオのためにドラマを書いて糊口をしのぎ、戦争中は従軍する。戦後東部占領地区で暮らすことを決意した彼は、一三年間文学雑誌『意味と形式』Sinn und Form の編集長を務め、その後八年間におよぶ軟禁生活ののち、ふたたび祖国（旧東ドイツ）を去る転向者となる。しかし、こうした有為転変にもかかわらず、彼の社会的弱者への視点は揺るがなかった。

前掲の詩『ポーランドの草刈り人夫』は、一九四八年フーヘルが初めて刊行した詩集『詩集』Gedichte に発表された。当時詩人は、虐げられた下層階級の人びとを解放するという共産主義の理想に共鳴し、翌年秋の東ドイツ建国に参加することを決める。彼は、共産主義が、「畑から畑へとおれは草を刈りながら／茎一本おれのものではなかった」貧しい境遇から人びとを引き上げることができると信じた。こうした人びととの生活をフーヘルは、べつの詩『牧人たちの詩節』Die Hirtenstrophe（GWI, S. 66f）で、「おれたちには自分の杖以外なにもなかった／羊も自分の土地もなかった／上着には継ぎがあてられ糸はほつれていた／夜になっても暖かな壁はなかった」と語り、物乞いたちを取り巻く状況を、「葉もなくぬれた十月のやぶ／くさった木の実の裂け目／霧氷に凍てついた草に／霧のつめたい嚙み傷！」（『物乞いたちの秋』Herbst der Bettler（GWI, S. 55））と表現して、過酷な状況に置かれた社会的弱者の境遇を自然のメタファーに読みこんで描いている。

東部占領地区の政権へのフーヘルの共感は、一九四五年から一九四九年まで実施された農地改革、すなわち地主を解体し、小作人に土地を分け与えて自立させる政策によって強められたが、一九五二年に東ドイツ政府が、農業政策を変更し、ソ連型の集団農場を導入したため、強い失望へと変わった。フーヘルは、「青年時代から、自分の畑と牧草地をもった小さな農場の所有が、農民にとっていかに重要であるかを知っていた」[3]からである。こうした農業政策への不満にくわえて、一九五二年文学雑誌『意味と形式』の編集方針をめぐって上層部と対立したことによって、フーヘルは、しだいに東ドイツ体制に距離を置くようになる。

この詩は、戦後ほどなくして書かれたものと推定されるが、そこには幼年時代以降の社会的弱者への視線が、変わることなく保たれているのがうかがえる。とくにこの詩は、「フーヘルの初期作品のなかでもっとも明白な資本主義＝批判」[4]を表明しながら、そこにフーヘルらしい文学的装いをからめて、奥行きのある作品となっている。「故郷へ呼びもどす天のざわめき」、「鍛冶屋に暗く眠る金敷」、「ミルク色した月の光をあびたポプラ」、「熱く息をしている畑」、「夜の淵に脱穀場の穀粒のようにまたたく星」、こうした初期の詩の牧歌的世界を想起させる美的な自然描写と、第四連と第五連の資本主義的構造批判を内包した社会的自意識（「べつの灼熱」）の落差が、この詩に、詩的自我と社会批判的な「プロレタリア的主体」[5]を交錯させた独特の緊張感を生みだしている。郷愁は、ロマン主義的な魂の詩的高揚の発露であるばかりでなく、東の国（本来はポーランドだが、東ドイツも意図されているると考えてよいだろう）の共産主義への共属意識をも明けもらしているのである。

この観点から考えれば、「ヤマネたち」は、社会変革的な自覚をもったプロレタリア的下層階級を意味するが、この「ヤマネたち」と「おれはひとりでは／あかるい街道を行かない」と打ち明けて結ばれる「行動主義的連帯」[6]は、いわば共産主義の「ユートピア的地平線」[7]を形成する基本要素となる。しかしこのユートピアが、つづく東ドイツの建国後の現実によって幻滅へと変わってゆくのは、さきに述べたとおりである。しかし、またその一方で、朝焼けへの帰郷という文学的な想像力をかきたてる最終連の表現は、この詩が、たんに「プロレタリア的主体」の発現ばかりでなく、美的な「旅立ち」の高揚感をも表明していることを明かしている。現実の階級矛盾を審美的なメタファーにつつみこむことによって、この詩は、この時点でのフーヘルの共産主義への共感を表明する、あらゆる矛盾を止揚する「ユートピア的潜勢力」[8]をしめしているのである。

註

1 フーヘルは、この事件の顚末をエッセー『ヨーロッパ　一九〇〇年の悲しみ』Europa neunzehnhunderttraurig（GWII, S. 215-217）のなかで詳しく語っているが、なぜカップ一揆に参加したかはあきらかにしていない。しかし、ヒュプ・ナイセン Hub Nijssen は、浩瀚な評伝『ひそかな王』Der heimliche König でこう推測している。「フーヘルは、自分がカップ一揆に参加した理由を一度も言わなかった。おそらく、冒険心と学校の退屈な毎日に対する嫌気から、そうしたのだろう」（Hub Nijssen: Der heimliche König. Leben und Werk von Peter Huchel. Verlag Königshausen & Neumann GmbH., Würzburg 1998, S. 25）。

2 第一次世界大戦に参戦したバルビュスが、前線で見聞したり体験したりした戦争の悲惨さを客観的に描写した一九一六年の作品で、ゴンクール賞を受賞。

3 Hub Nijssen: Der heimliche König. S. 251

4 Jürgen Gregolin: Merkwürdige menschliche Gestalten, Zur literarischen Figur des ›Unterprivilegierten‹ im Frühwerk Peter Huchels. In: Peter Huchel. Hrsg. v. Axel Vieregg, Suhrkamp Verlag, Frankfurt am Main 1986, S. 120

5 ebd.

6 ebd., S. 122

7 ebd., S. 120

8 ebd., S. 125

2.『少年の池』Der Knabenteich

トンボの稲妻がもっと熱く
昼の黄色い葦のなかを飛びちり、
アオウキクサの水の精の緑のなかで
静かな水が浅瀬に花開くと、
彼はたも網を高くもちあげる、
菖蒲を吹いた少年、
彼は貝のような小石のあいだに暗くただよう
ミジンコの幼虫を捕まえる。

魔女の棲む荒野《あれの》が彼のまわりに赤く咲きみだれ、
魚の目のように池が草のなかでかがやく。
岸辺の柳の灰色の精が
沼とイグサの上空で騒がしくなると、

臆病な鈴ガエルの鳴き声は
魔法をとなえる口のようにかぼそく響く……
少年は聞き耳をたてる、耳のなかに
風と池とカラスの叫び声が沈みこむ。

魔法にかけられているのは昼の明るさ、
ガラスのように緑色の藻の光。
少年は、自分の顔をよそ人のように映しだす
水の湧きだす泉を知っている。
彼は、葦にわけ入る、ささくれた黄色い葦に、
するとカエルの頭をした水の精が高くはねる――
それは音立てて飛び、しぶきをあげ、昔とおなじく
獣のような荒々しいまなざしをしている。

そうして池もまた、昔とおなじ、
おまえの口が菖蒲を吹き、
おまえの足がリュウキンカの黄色のなかにはまり、
足の指で小石をつかんだ昔と。

夢のなかでイグサの髪をはやした
池の深い緑色の顔がおまえをつつむと、
まるであの少年が呼ぶかのようだ、
まだおまえの網が水辺に掛けてあるので。

(GWI, S. 59f)

旧東ドイツの詩人ペーター・フーヘル Peter Huchel は、一九〇三年ベルリン Berlin 郊外のグロース＝リヒターフェルデ Groß-Lichterfelde（現在のベルリン＝リヒターフェルデ Berlin-Lichterfelde）で生まれた。彼が四歳のとき、母親が肺を患ったため、ポツダム Potsdam 近郊のアルト＝ランガーヴィッシュ Alt-Langerwisch にある母方の祖父の農場に引き取られた。この川や沼の多い豊穣な風景は、フーヘルに、「幼年時代はわたしにとって根源だった」（GWII, S. 370）と言わしめるほど、生涯にわたる創造の源となった。

一九三二年に発表された詩『少年の池』Der Knabenteich は、翌年刊行される予定だった詩集のタイトルになるはずだったが、この詩集の刊行は、一九三三年一月三十日のナチスによる権力掌握のため、フーヘルによって印刷直前に撤回された。詩は、戦後になってようやく一九四八年に刊行された詩集『詩集』Gedichte に収められた。

この詩は、フーヘル自身が「夢の風景」（GWII, S. 248）と言っているように、詩人が夢のなかで追憶した少年時代と、その夢想から甦ってきた記憶にもとづいて描かれている。夢のなかで、「昔とおなじ」ように、心躍らせる幼年時代の体験が追体験されている。しかし、過去と現在の時間軸は、二度くりかえされる「昔とおなじ」がしめしているように、少年と「おまえ」が、詩人の記憶の空間を融通無碍に往還することによって止揚され、大人になった詩人の夢の座標に固定された「今」へと変じる。「今」と「昔」の対置が解消されることによって、時間を超越した永遠の現在がここに現出する。別の言い方をすれば、夢の風景が開かれれば、詩人はいつでも自身の少年時代を呼び戻し、体験することができるのである。

最初の三連では、「ミジンコを捕まえ」、「聞き耳をたて」、「葦に分け入る」少年の姿が、まさにいま目のまえでおこなわれている行為として描かれている。しかし第三連の「昔とおなじく」という表現から、この現在が、過去の記憶に遡ってつながっていることがわかる。つづく第四連でその暗示されたつながりの構造が、よりはっきりと呈示される。水の精に変容した少年と同じく、池もかつての記憶のなかの池とおなじだからである。この最終連で、「おまえ」と呼ばれ、過去の記憶のなかに生きている幼年時代の詩人と、今夢のなかに現れた少年が、同一人物であることがあきらかになる。しかし、前者は過去の、後者は現在の時間軸に置かれていて、この視点の二重構造が、詩の「深層構造」[1]を生みだしているため、最終行の置き忘れられた「おまえの網」が、夢のなかに現在する少年（今）と、大人となった詩人の過去の分身であるおまえ（昔）との結節点となって、時間を超越したひとつの円環をつくりあげている。

だが、詩のなかには、じつはこの円環を突き破ろうとする意志がはたらいているのである。それは、第一連五行目の「彼はたも網を高くもちあげる」という詩句である。ヨーゼフ・P・ドーラン Joseph P. Dolan は、この個所について、「彼は、網を空中高く掲げることで、周囲の世界からの独立を主張する。彼が本質的に他者であることは、ミジンコを捕まえるという他愛ない気晴らしによって強められ、この気晴らしが、自然に対する無意識的な攻撃を明示する」[2]と言っているが、この「自然に対する無意識的な攻撃」が、予定調和的な自然との一体感に覆われている作品に緊張感をあたえ、激情に駆りたてられるロマン主義的な陶酔から詩人を引きとどめている。ここに詩人の他者としての自然に対する覚醒がある。それは、彼にとって、自然は、単に感情移入したり回帰したりする対象ではなく、「人間に襲いかかり、人間をみずからのなかへ引きずりこむ行動するもの」(GWII, S. 249) だからである。こうした自然に対する認識は、同じく初期に書かれた下層階級の人びとを題材にした詩のなかに反映されている。

しかし、この覚醒は、詩のなかに多用される頭韻と半韻の響きが、「少年をその攻撃的な独立から誘いだし、自然と一体化するよう強いる自然の響き」[3]であるために、弱められ、自然の魔術的な力に屈伏させられる。詩の全体は、この覚醒を眠らせることによって、詩人と幼年時代を一体化させ、自然との統一が図られるように構成されているのである。

この韻律の技巧を第一連三行目以下のテクストで見てみたい。

im Nixengrün der Entengrütze
die stillen Wasser seichter blühn,
hebt er den Hamen in die Höhe,
der Knabe, der auf Kalmus blies,
und fängt die Brut der Wasserflöhe,
die dunkel wölkt im Muschelkies.

一重下線部は半韻、二重下線部は頭韻である。フーヘルは、彼独特の詩作の方法について、「わたしは、必要な——明るい母音と暗い母音——母音が魂の根底の気分を表現するまで、自分の詩行をつぶやくのだ」(GWII, S. 295)、と言っている。この「つぶやき」によって詩人は、最良の響きを発する言葉を選びだすのである。さらに詩人は、自身の創造の秘密をこのように打ち明けている。「言葉の響き、メタファー、しばしば何ヵ月も口のなかで噛んだいくつかの言葉、これらが浮かび上がる——それらは、いわばまだ磁場の外にあるわずかな鉄屑だ。その後のプロセスで形象は比喩となる、すなわち磁力が鉄屑に構造をあたえるのだ。そしてそこで最外縁に経験が伝われば、詩は成功しうる」(GWII, S. 388) 磁石に引き寄せられた鉄屑が形をなして構成され、ひとつの有機的な統一体に変貌する。ここでは、半韻と頭韻の巧みな組み合わせによって、少年にもたげた自然への反抗心はなだめられ、美しい響きにはこばれて、自然と渾然と一体化するように構成されていると言えるだろう。

この統一性は、韻律の構成からも見て取ることができる。全体は、八行詩節から成っているが、内容的に各連が四行ごとに分けられ、また詩行が、規則正しい四揚格のヤンブスであることから、四行詩の「民謡詩節」と考えてよいだろう。さらに詩行は、正確に交叉韻が踏まれ、行末は、「女性的」(weiblich) な詩行と「男性的」(männlich) な詩行が交互している。すなわちこの詩は、形式的に強い統一性をもった詩であると言える。ヤンブスのリズムは、流れによどみがなく、リズムの流れが平均化され、全体にしなやかに滑ること[4]を特徴としているから、読み手はすべらかに詩人の夢の風景に入りこんで、その安定した統一世界にやすらうことができる。

フーヘルは、複合語を多用する。それは、領域の異なる言葉の組み合わせが、思いがけないほどの意味の拡大、次元の転換をもたらすからである。Libellenblitze, Nixengrün, Muschelkies, Hexenheide, fischäugig, Uferweide, Krähenschrei, Mittagshelle, Algenlicht, froschköpfig, Sumpfdottergelbe, Binsenhaar、これらすべての複合語が、新たな意味の地平を切り開き、詩の奥行きを深めていることを否定することはできない。そしてタイトルの Der Knabenteich。Knabe は少年、Teich は池であり、これを Der Teich des Knaben としなかったのは、「池が少年に含まれると同様に少年が池に含まれる」[5] という二重の円環的構造によって、自然と人間の融合が端的にあらわされるからである。このようにフーヘルの複合語は、ふたつの言葉を有機的に結合して、意味の次元を重層的に押し広げる効果をもっている。

さらにまた、べつの視点から用語に注目してみると、この詩は、読み手を現実世界から連れ出し、魔法の国へといざなうように描かれている。たとえば、第一連三行目の「水の精の緑」、第二連冒頭の「魔女の棲む荒野」、同三行目の「岸辺の柳の灰色の精」、同六行目の「魔法をとなえる口」、第三連冒頭の「魔法にかけられている」、同六行目「水の精」。これらの表現はすべて、少年を取り巻く世界が、人間界を超えた、いわば無時間的な神話世界に変容したことを物語っている。時間が超越され、過去と現在が、夢の風景のなかで焦点をむすぶところには、現在化した記憶の風景だけが広がっているのである。

フーヘルは、幼年時代の記憶について語るとき、たびたび聖アウグスティヌス Aurelius Augustinus の『告白』のなかの言葉「……わたしの記憶の大きな宮殿に。そこでは天と地と海が現在している」[6] を引き合いに出すが、記憶の風景は、彼にとって過ぎ去ってしまった過去の領域に属すのではなく、過去と現在の時間軸を超えて、「今」、「ここに」永遠の相のもとに実在するのである。そしてこの「記憶の現在」こそが、彼にとって詩のリアリティー（現実）そのものなのである。

註

1 Joseph P. Dolan: Die Politik in Peter Huchels früher Dichtung. In: Peter Huchel. Hrsg. v. Axel Vieregg. Suhrkamp Verlag, Frankfurt am Main 1986, S. 99
2 ebd., S. 96
3 ebd., S. 97
4 Vgl. 山口四郎『ドイツ韻律論』三修社、一九八〇年、三一頁
5 Joseph P. Dolan: Die Politik in Peter Huchels früher Dichtung. S. 99
6 Aurelius Augustinus:『告白』Confessiones 第一〇巻第八章

3.「十月の光」Oktoberlicht

十月、そして最後の甘い梨は
いま重みをになって落下する、
ほつれた縫り糸のような蜘蛛の糸にかかった蚊は
いまなお血のように最後の光をなめる、
光はゆっくりと楓のみどりを吸いつくす、
まるで樹が蜘蛛のために枯れてしまうかのようだ、
葉は蝙蝠のようにギザギザで、
太陽に煮つめられもろくもくずれる。

死はどれも空気とグラジオラスの
赤い煙にあまくひたされ、
ツバメの眠りのなかまで芳香は
光の悲しみを取りこむだろう、

お腹いっぱいの野ねずみの眠りのなかまで
最後のくるみは音たててころがりこむ、
褐色のくるみは黒緑色の殻から
あまい石となって光に向かって飛びだした。

十月、そしていっぱいにつまった重い甘皮のかごを
女中は戸棚と納戸にはこびこむ、
庭は、女中が摘みとると風が吹き、
つかれた落ち葉のなかに身をよこたえた、
そして白い蜘蛛の縒り糸のなかでなお震えているもの、
それは光のなかへ飛んで帰りたいだろう、
太枝から最後の梨を、
秋のあまい芯を折りとる光のなかへ。

(GWI, S. 60)

この詩は、一九三二年マルティーン・ラシュケ Martin Raschke が編集していた雑誌『隊列三』Die Kolonne 3 のI号に発表され、さらに同人の編集による雑誌『新抒情詩アンソロジー』Neue lyrische Anthologie にも同時に掲載された。そのあとこの詩は、フーヘルの最初の詩集『少年の池』Der Knabenteich（一九三二／三三年）に収められて出版されるはずだったが、事情があって出版は取りやめとなり[1]、あらためて一九四八年詩集『詩集』

Gedichte のなかの一篇として発表された。

この詩は、フーヘルが三十歳にみたない第二次世界大戦まえに書かれたものである。後年の自然形象を暗号・記号化して、政治・社会状況、フーヘルの言う「世界状況」[2]（GWII, S. 371）をメタファーをつかって表現する手法と違い、ミメーシス的な自然描写によって甘味な十月の風景を謳っている。

フーヘルによれば、ベルトルト・ブレヒト Bertolt Brecht がことのほか気に入っていたというこの詩は[3]、シュテファン・ゲオルゲ Stefen George の詩集『魂の一年』Das Jahr der Seele のなかの『摘みいれののち』Nach der Lese の詩のように、迫り来る冬の到来をまえにして、十月の最後のなごりの光を精一杯掬いとろうとする光景を、うつくしい自然形象をもちいて描いている。ここには、フーヘルの初期の詩を構成する重要な要素としての「梨」、「光」、「蜘蛛」、「眠り」、「甘い」という言葉が複数回使われ、晩秋のメランコリックな気分を高めている。

形式的に見ると、ヴァルター・イェンス Walter Jens が、後年の詩集『街道　街道』Chausseen Chausseen について「形容詞の削除……あらゆる説明的な要素の排除……定動詞の大胆な省略と脱落……厳密な同一化のための比較する『wie』の放棄」[4]として挙げた特徴は、この詩にはまだ見られない。むしろ比較表現の wie や形容詞の多用、さらに説明的な物語り構成を特徴とするこの詩には、フーヘルが若い頃心酔したゲオルク・トラークル Georg Trakl やゲオルク・ハイム Georg Heym の影響が多分に見うけられる。

さらに音韻的には、この詩には、「ʃ」音、「s」音、「l」音が多用され、晩秋の気配がもたらす緊張と弛緩の雰囲気が、巧みにつたえられている。また、脚韻がしっかり踏まれ、行末が、「女性的」（weiblich）な詩行と「男性的」（männlich）な詩行の交互している形式は、これもまたフーヘルの初期の詩に特徴的な厳格な形式志向をあらわしている。十九世紀の民衆的な抒情詩のほとんどすべてに当てはまる交叉韻[5] ababcdcd……も、詩の安定した構造に寄与している。さらに「ほつれた縒り糸のような蜘蛛の糸」Altweiberzwirne や「芯」Gröps のような地方に根ざした言葉も、フーヘルの初期の詩を形成する重要な要素である。要するにここには、フーヘルの初期の詩を特徴づけるきわめて均整のとれた形式美が発露されているのである。

　形式美は、詩の構成自体にもあらわれている。第二連半ばの「ツバメの眠りのなかまで」bis in den Schlaf der Schwalben（二重下線はこの詩に多用される頭韻のひとつ）と「お腹いっぱいの野ねずみの眠りのなかまで」bis in den Schlaf der satten Ackermäuse は、同じ「〜眠りのなかまで」という表現がつかわれ、これを中心として、「十月」ではじまる第一連と第三連は、いわば対称的な構成をとっている。さらに、たとえば詩『帰郷』Heimkehr (GWI, S. 109f) で、冒頭の「月の鎌」Sichel des Mondes と最終行の「三日月の角をもった」sichelhörnig という Sichel の形象が、「詩のなかに表現された否定と肯定の緊張をとりまいて完璧な弧を描[6]」いているのと同様に、『十月の光』は、第一連一行目の「最後の甘い梨」と最終連七行目の「最後の梨」という表現によって、梨の形象をとおして対称性をさらに円環構造へと押し広げている。この円環構造によって、最後の梨に象徴される晩秋は、光の最後のきらめきをほとばしらせて、その寿命を完結するのである。

　しかしこの寿命の完結が、生の杜絶を意味するのではなく、生と死の無常を止揚する再生の思想にもとづいているところに、フーヘルの初期の抒情的創造世界の特徴がある。

　詩『帰郷』の舞台は、「戦争、帰郷、再建への希望という変化した経験の緊張の場[7]」に設定されているが、『十月の光』もまた、第一連が、「最後の梨」、「最後の光をなめる」、「楓の緑を吸いつくす」、「樹が蜘蛛のために枯れてしまう」、「太陽に煮つめられもろくもくずれる」といった表現によって、読む者を、死を予感させる緊張の場へと誘いこむ。しかし第二連と第三連に「甘い」という表現が三度つかわれることによって、死ですら甘くひたされるほどにその緊張はやわらげられ、むしろ心地よい緊張を孕みながら、十月の最後の光のしずくが掬いとられる。アクセル・フィーアエク Axel Vieregg は、詩『あのころ』Damals (GWI, S. 137) を論じて、「眠くなったゴボウの毬のマリーの果実の外皮のなかに、死の眠りのなかの再生の思想が含まれている」[8]と指摘しているが、そうするとこれに相応する第二連の褐色のくるみが黒緑色の殻から光に向かって飛びだすイメージもまた、死のなかの「再生」を暗示することによって、死の緊張をやわらげる重要な要因となる。この再生はしかし、「すでにギリシア人にとってつねに同一のものの反復の最高の表現だった円環」[9]と通底しているため、さきに述べた詩の円環構造は、終息による完結性よりも、むしろ「無時間性と永遠の再生の場」[10]をあらわしていると考えられるだろう。

タイトルがしめしているように、この詩は、十月という晩秋の「光」を謳っている。光という自然形象が、各連に一度ずつ、合わせて三度つかわれていることによっても、この言葉が、詩の要であることがわかる。蚊が最後の光をなめ、褐色のくるみが光に向かって飛びだし、白い蜘蛛の縒り糸のなかで震えているものが、光のなかへ飛んで帰るという光景は、それぞれの動きが、光の一瞬の映像を切りとったかのように、晩秋のきらめく風景を背景にしてあざやかに映しだされる。この詩は、まさに「瞬間の美」[11]を写しとろうとするのである。

この瞬間の美は、フーヘルが過去の記憶のなかから呼びだしたものである。いやフーヘル自身の言い方を借りて言えば、「わたしたちが、過ぎ去ったものに呼びかけるのではなく、過ぎ去ったものが、わたしたちに呼びかける」(GWII, S. 246) のである。おのずと浮かびあがってくる記憶の風景を描いたこの詩は、現在形が多用されているため、あたかも目のまえにその光景が見えているかのように描かれている。しかし、第三連に女中[12]が登場することによって、それはやはり、過去の追想であることがわかる。フーヘルは、聖アウグスティヌス Aurelius Augustinus の『告白』Confessiones のなかの一文「……わたしの記憶の大きな宮殿に。そこでは天と地と海が現在している」[13]を座右の銘にしているが、十月の光は、詩人にとって、まさに目のまえに現実に存在する一瞬の光景なのである。記憶の風景は、彼によって呼びもどされ、過去、現在、未来の時間軸を超えて、「今」、「ここに」永遠の相のもとに実在する。ヨーアヒム・ミュラー Joachim Müller が、「抒情的現前性」[14]と呼ぶこの「記憶の現在」こそが、彼にとって詩のリアリティーそのものなのである。

そしてこの詩の巧みなところは、第二連八行目と第三連四行目に過去をあらわす表現が、第二連三行目と四行目、第三連六行目に未来をあらわす表現がつかわれていることである。これは、けっして「記憶の現在」に現実的な時間的位相のずれをもたらすものではなく、詩人が記憶のなかから呼びだした光景に、時間的な遠近感をあたえることによって、記憶の奥行きを深めているのである。この詩は、過去、現在、未来の時間軸を巧みに織りこみながら、まさに十月の光が、いまこの風景のなかにその最後のひとしずくまで映しだされる「記憶の現在」を感得できるように構成されているのである。

註

1 Vgl. Gesammelte Werke in zwei Bänden. Band I, Anmerkungen S. 365f.
この詩集は、一九三二年／三三年にドレスデンの Jess Verlag から出版される予定だったが、印刷直前にフーヘルによって取り消された。GWI の Anmerkungen によれば、その理由としてよくあげられるのは、フーヘルは、ヒトラーのもとで出版したくなかった、沈黙したかったのだということである。しかし、フーヘルは、一九三三年から一九四一年までに一七篇の新しい詩と何篇かの復刻を新聞、雑誌、アンソロジーに発表している。Anmerkungen は、さらにヒトラーの政権掌握が、取り消しの唯一の理由かどうかは断定できないとし、フーヘルが、二〇年代後半の作品が、風景に傾斜しすぎて、部分的に弱い亜流の青年詩を多く含んでいるこの詩集のバランスの悪さを自覚していたのではないかと推測している。

2 フーヘルは、あるインタヴュー（»Meine Freunde haben mir geholfen.« Interview mit Veit Mölter）で、「抒情詩は、感情ばかりでなく、世界状況をも表現する。世界状況は、たしかにいつもそこに存在するが、詩人によってはじめてあきらかにされる」（GWII, S. 371）と語り、詩人が、抒情詩をとおして世界の真の様相を顕示する使命をもっていることを示唆する。それは、「ヘルマン・カザック Hermann Kasack が、かつて『抒情的世界観』と名づけたもの、すなわち世界を詩を媒介にして認識し、形成する努力」（Peter Walther: Der Unpolitische als Politikum, Über Peter Huchel In: Text+Kritik Heft 157 Peter Huchel. Richard Boorberg Verlag, München 2003, S. 8）と言い換えることができる。

3 Peter Huchel: Erinnerung an Brecht. In: Text+Kritik Heft 157 Peter Huchel. S. 37

4 Vgl. Fritz J. Raddatz: Zur deutschen Literatur der Zeit I, Traditionen und Tendenzen, Materialien zur Literatur der DDR. Rowohlt Taschenbuch Veralg, Hamburg 1987, S. 504

5 Wolfgang Kayser: Kleine deutsche Versschule. 27. Auflage. Narr Francke Attempto Verlag, Tübingen 2002, S. 89f.

6 Ludwig Völker: ‚Himmel und Erde' Die Bedeutung der Vertikalen im lyrischen Weltbild Peter Huchels. In: Sprache im technischen Zeitalter. SH. Verlag, Köln 1999, S. 208

7 ebd.

8 Axel Vieregg: Die Lyrik Peter Huchels, Zeichensprache und Privatmythologie. Erich Schmidt Verlag, Berlin 1976, S.

112　詩『あのころ』の「ゴボウの毬のマリー」の一節はこうである。「犬がほえ、わたしは長いこと／嵐のなかの声に耳をそばだて、台所で／毛糸を巻いて玉にしながら／無言でうずくまるゴボウの毬のマリーのひざにもたれた／そして彼女の眠たげな灰色の目がわたしにそそがれると／家の壁をねむりが吹きぬけた」。一九五八年一月三十一日のルドヴィーク・クンデラ Ludvík Kundera に宛てた手紙のなかでフーヘルは、この女性をこう説明している。「ゴボウの毬のマリーは、いつもゴボウの毬（植物学では Arctium L.）をスカートにつけていた年取った女中だ。これは、からかった言い方ではなく、その反対に、子どもから情愛に満ちて、夢のように眺められた。必要とあれば、『老マリー』でもいいだろう」（GWII, S. 341）。

9　ebd., S. 111f.

10　ebd., S. 112

11　Hub Nijssen: Der heimliche König. Leben und Werk von Peter Huchel. Verlag Königshausen & Neumann, Würzburg 1998, S. 85

12　この女中は、詩人が、幼年時代祖父の農場に引き取られていたときに、詩人の世話を焼いてくれたアンナ Anna である。フーヘルは、この女性を題材にした『女中』Die Magd（GWI, S. 52ff）という詩を一九三一年に発表している。

13　Aurelius Augustinus:『告白』Confessiones 第一〇巻第八章

14　Joachim Müller: Verwandelte Welt – Zur Lyrik Peter Huchels. In: Peter Huchel. Hrsg. v. Axel Vieregg. Suhrkamp Verlag, Frankfurt am Main 1986, S. 173

4.『星の筌』Die Sternenreuse

おまえはいまなお浮かんでいるのか、太古の月よ。
おまえの月輪がまだ若くして浮かんでいたとき、
わたしは川のほとりに住んでいた、
そこではただ水だけがわたしと暮らしていた。
水音はひびき、歌となり、
わたしは水をすくい、たましいは耳をすませた、
水が石のまわりを音たてて飛びはね
泡だちながら走り、さざめき下ってゆくのを。

煤を振りかけたようなふたつの岩が、
水門のように切りたって狭く、
あのころまだ川を取り囲んでいた。
水のなかには星の筌が吊るされていた。

わたしが筌を裂け目から引きあげると、
いくつもの水晶の部屋がきらめき、
藻の緑色の森がただよい、
わたしは黄金をすくいとり、夢のいかだを流した。

おお、世界の峡谷よ、押しよせる大波が
歌のようにやってきた。あれがわたしの人生だったのか。
あのころわたしは暗い宇宙のなかに
すぐまぢかに星の筌が浮かんでいるのを見た。（GWI, S. 83f）

この詩は、一九四七年雑誌『東と西 Ⅰ』West und Ost I に発表され、その後一九四八年刊行の『詩集』Gedichte、さらに一九六七年刊行の『星の筌　詩一九二五—一九四七』Die Sternenreuse Gedichte 1925-1947 にタイトル詩として掲載された。前掲の詩は、全集におさめられたものを訳した。

初出では、この詩は、四行詩節五連で構成されている。四行詩節の代表は、ドイツでもっとも好まれる民謡詩節で、その性格は、きわめて流麗で流れるような調子をもち、その声調は、軽い抑制をともない、音楽性に富んでいる。[1] ロマン主義的な美しい自然描写に詩人の故郷のなつかしい追憶を重ね合わせたこの詩には、民謡調の素朴な形式がふさわしいと言えるだろう。また行末が、すでに見た『少年の池』と同様、「女性的」（weiblich）な詩行と「男性的」（männlich）な詩行が交互する交叉韻となっていることは、規則的な四揚格のヤンブスと相俟って、きわめて安定した形式をしめしている。前出の『ポーランドの草刈り人夫』とちがって、詩人の心の穏やかさが見てとれる作品である。

また、音の響きを見ると、「ʃ」音、「s」音、「l」音が多用されている。たとえば、第二連の原文を見ると、

Zwei Felsen, wie bestäubt von Ruß
und steil und schmal wie eine Schleuse,
umstanden damals noch den Fluß.
Im Wasser hing die Sternenreuse.
Ich hob die Reuse aus dem Spalt,
es flimmerten kristallne Räume,
es schwamm der Algen grüner Wald,
ich fischte Gold und flößte Träume.

これらの音が頻出していることがわかる（一重下線部は「ʃ」音と「s」音で、二重下線部は「l」音）。鋭い音とゆるやかな音のくりかえしは、心地よい陶酔的なリズムを生みだし、次元を超えた神秘の世界、詩人の謂う「記憶の宮殿」へいざなう。音と響きに対する独特の感性は、たとえば、「わたしは、必要な――明るい母音と暗い母音――母音が、魂の根底の気持ちをあらわすまで詩句をつぶやくのだ」（GWII, S. 295）という告白がしめしているように、「つぶやくこと」によって一つひとつの言葉がもつ響きとリズムと意味の特性を汲みつくし、それ

を有機的に組み上げる術を詩人に賦与している。すでに『少年の池』の解釈で引用したことだが、フーヘルが、「言葉の響き、メタファー、しばしば何ヵ月も口のなかで噛んだいくつかの言葉、これらが浮かび上がる——それらは、いわばまだ磁場の外にあるわずかな鉄屑だ。その後のプロセスで形象は比喩となる、すなわち磁力が鉄屑に構造をあたえるのだ。そしてそこで最外縁に経験が伝われば、詩は成功しうる」(GWII, S. 388) と語るとき、この創造の秘密は、音の響きとリズムを見たかぎりでも、この詩にも見事にはたらいていることがわかるのである。

第一連冒頭の「おまえはいまなお浮かんでいるのか、太古の月よ」と想起する詩人のいる場所は「今」である。この想起が、時間軸を過去へとずらし、つづく第二行目から回想に転じることによって、わたしたちは、詩人の幼年時代の水と緑にかこまれたアルト＝ランガーヴィッシュ Alt-Langerwisch の世界にいざなわれる。月は、詩人の視線を現在から過去へと向けさせ、「記憶の宮殿」に歩みいる閾の役目を果たしている。六行目の「たましい」は、詩集『星の筌 詩一九二五—一九四七』では「わたしの気息」となっているが、初出で「たましい」としたことは、幼年時代をすごした故郷が、詩人のたましいと交感する神秘的な場所だったことを示唆している。まさに心の奥底のもっともやわらかな芯が、この自然世界に共鳴しているのである。そしてたましいとの共鳴によって、水の音は「歌」となり、詩人は、それによって詩的な神秘世界へと変容する自然との完全な一体化を体験する。第一連は、この自然との一体化を水のさざめきによって暗示しているのである。その意味で、ヒュプ・ナイセン Hub Nijssen が、「たましいのさざめきは、世界との完全な合意、すなわち調和をあらわしている」[2] と言うのは正しい。

この調和を第二連もまた、美しい形象で描き出している。第一連が、水と石という自然界の根本要素の統一をしめしているとすれば、第二連は、大地と天の統一が、水を媒介としてはたされている。ナイセンは、「水に星々が映しだされることが、このふたつの世界の溝を止揚する」[3]と言っているが、そうすると、冒頭一行目の「煤をふりかけたようなふたつの岩」は、大地と天の世界を象徴していると考えられる。この世界は、水門のように互いを閉ざしているが、しかし幼年時代、川によってこのふたつの岩はつながっていた（「あのころまだ川を取り囲んでいた」）。このふたつの世界を融和させる川の流れのなかに、筌が沈められ、きらめいている、そのような美しい表象によって、この世のものとは思われない超地上的な風景が開示される。

　筌は、魚を捕るための葦で編まれた籠だが、それは、「同時にべつのものに変わる。すなわち――魚のかわりに――星々が、川に沈められた籠のなかに捕えられ、そこから輝きを発する」[4]。第四行目の独立した詩行は、「詩全体の形象と意味の中心をなす」[5]が、この一行に凝縮されて描きだされた、水中の筌に捕えられたかのように星がきらめく情景は、想像するだに美しい。星の筌の形象は、「子供らしい視線の童話的なイメージへの移行」[6]として、わたしたちを夢幻の世界にまねき入れる。川から引き上げられた籠からしたたり落ちる水のしずくは、月の光をあびてきらめき、そこに無限に広がる宇宙の星々が映しだされる。その暗さを背景にして、地上のものすべてが水晶と緑と金のコントラストをおびて浮かびあがる。そこではすくいとった水は黄金となり、記憶の川のなかを夢のような日々が流れてゆく。夢のいかだがたゆたう情景は、まさに時間と空間を超越した永遠の現在であり、詩人にとって至福の世界である。

　第三連は、幼い詩人にとって「世界の峡谷」だった故郷を流れる川の水が、歌となって彼の心を満たしていたことを高らかに謳っている。この詩全体を通奏低音のように鳴り響く川の音は、詩人の幼年時代の幸福を確証している。「わたしの人生」は、そこに、そのときたしかに存在したのだ。

しかし、今はどうなのか。「あのころ」damalsという表現が二度使われていることからわかるように、過去と現在の視点が織りなす緊張が、この詩の背景をなしている。両者が、緊張をはらんで交錯することによって、この詩は、その時間と空間の広がりを無限に拡大する。

この詩は、一九二七年／二八年に書かれた。[7] それは、第一次世界大戦の敗北でヴィルヘルム時代が終わり、ワイマール共和国が誕生して数年たったころである。フーヘルは、ワイマール共和国の政治的・経済的・社会的混乱をつぶさに体験したはずである。彼は、十九世紀の伝統と価値観がうしなわれ、人びとが、途方に暮れて、そのすぐ先にナチスの台頭が待っている激動の二〇年代を生き抜かなければならない時代をともに生きていた。戦争によって破壊された世界が没落してゆくのをまぢかに見ている「今」、フーヘルは、それでもまだ幼いころに見たのと同じ月が、いまなお空にかがやいているかと問う。冒頭の問いに、フーヘルはおそらく否と答えるだろう。最終二行で、もう一度「あのころ」という表現があらわれるのは、宇宙のなかに統一の象徴だった筌がもはや浮かぶことはあるまいという詩人の「今」の諦念を暗示している。

しかし、詩人は、「今」から「あのころ」へと通じる記憶の隘路を閉じようとはしない。とはいえ「うすれかけた記憶を暴力的によみがえらせること」(GWII, S. 246) は、詩人の本意ではない。なぜなら、「われわれが過ぎ去ったものに呼びかけるのではなく、過ぎ去ったものがわれわれに呼びかけるからである」(GWII, S. 246)。過ぎ去ったものが呼びかけるその声を聞き、それを言葉へと移し換えることは、詩人にとって過ぎ去った時代をふたたび現在化することである。記憶を言葉に定着させることによって、「歌」を、すなわち現世を超越した永遠の詩的世界をよみがえらせる、言いかえれば、記憶を現在化することが、詩人にとって詩作の本質的な意義なのである。「星の筌」というメタファーは、この記憶の現在化の象徴であるとともに、幼年時代の詩的世界に記憶を通していまなお属していることが、自身の生の本質であるという詩人のもっとも内奥の秘密をつたえているのである。

註

1 Wolfgang Kayser: Kleine deutsche Versschule. A. Franke Verlag, Tübingen und Basel 1999. 26. Auflage [UTB 1727], S. 40

2 Hub Nijssen: Der heimliche König. Leben und Werk von Peter Huchel. Verlag Königshausen & Neumann, Würzburg 1998, S. 201

3 ebd.

4 Joachim Müller: Verwandelte Welt – Zur Lyrik Peter Huchels. In: Peter Huchel. Hrsg. v. Axel Vieregg, Suhrkamp Verlag, Frankfurt am Main 1986. S. 169

5 Hubert Ohl: Peter Huchel: Das lyrische Werk im Spiegel seiner Titelgedichte. In: Peter Huchel. S. 137

6 Joachim Müller: Verwandelte Welt – Zur Lyrik Peter Huchels. S. 169

7 Vgl. GWI, S. 479　GWI の Inhaltsverzeichnis の „Gedichte (1948)“ の Anmerkungen に、Corenc, Löwenzahn, Totenregen, Cimetière, Das Himmelsfenster, Der Herbst とともに Die Sternenreuse が、一九二七年と一九二八年にパリと南フランスで書かれたと記されてある。

5.「冬の湖」Wintersee

おまえたち魚よ、ほのかに光るひれをもつ
おまえたちはどこにいるのだ。
だれが霧を、
氷を撃ったのだ。

矢の雨が、
氷に突き刺さって砕き、
そのなかに葦は立ち
きしみ、震える。(GWI, S. 90)

Ihr Fische, wo seid ihr
mit schimmernden Flossen?
Wer hat den Nebel,

das Eis beschossen?

Ein Regen aus Pfeilen,
ins Eis gesplittert,
so steht das Schiff
und klirrt und zittert.

一九四八年に刊行された詩集『詩集』Gedichte のなかに収められたこの詩は、一九三九年に書かれた。四行詩を二連つらねただけのこの作品は、フーヘルの詩のなかでもっとも短いもののひとつである。しかし、語彙の少なさは、けっして作品の単純さをあらわすものではない。三〇語の単語によってつくりだされる詩の世界は、のちのフーヘルの詩に特徴的な暗号、記号、メタファーの多様な絡みあいをうかがわせる奥行きの深さをもっている。

全八行のうち六行は、「余韻をひき、しだいに弱くなり、つまびくような[1]」「女性的」(weiblich) な詩行である。とくに第二連では、この詩をおおう脅かすような不穏な空気を、弛緩をうながすl音 (一重下線部) の多用とするどい響きを紡ぎだす半韻のi音 (二重下線部) の緊張したつらなりがつたえている。

この詩の冒頭二行は、一九三二年に発表された詩『少年の池』Der Knabenteich に対応している。後者では「自然と人間の関係における失われた調和[2]」が、記憶のなかに現前する楽園として表現されているが、『冬の湖』では、この調和は、すでに消失したものとして語りだされる。「湖と魚が、失われた幼年時代の楽園のイメージとして理解できる」[3]とすれば、冒頭の疑問形は、問いであると同時に喪失の嘆きでもある。

この嘆きはしかし、つづく第三行で厳しい詰問へと急変する。「霧」と「氷」、魚もふくめて冬の湖の住人を守るべき防壁は、破壊される（わずかな語彙からなるこの詩のなかで「氷」が、二度あらわれることによって、この防壁としての氷が、詩人にとっていかに重要なものであったかをうかがわせる）。だれがそれを壊したのか。

「矢の雨が／氷に突き刺さって砕き」――この二行は、ゲルト・カーロウ Gert Kalow によれば、古代のアレクサンダー大王とペルシアのダレイオス三世が戦ったイッソスの戦いの場面を暗示している。矢の雨は、「真昼の空を黒く染め、死の脅威、全身の力がぬけるような恐怖」[4]を呼びさます。ルネサンス期の画家アルブレヒト・アルトドルファー Albrecht Altdorfer が、一五二九年この場面を有名な『アレクサンダーの戦い』Alexanderschlacht という絵に描いていることも、フーヘルの念頭にあったかもしれない。

第一連三行目と四行目が、唐突に視点を変えたのと同様に、第二連三行目と四行目も突然場面を転換している。優勢な「女性的」(weiblich) な詩行のなかで、第二連三行目が、「男性的」(männlich) な詩行になることによって、ここにリズムの凝滞が生まれ、視点の転換がはかられている。

凍てついた湖のなかで、霜にさらされてきしみ、震える葦のすがたは、孤立した人間の弱さを示唆していると考えられる。カーロウは、この点についてパスカル Blaise Pascal の「葦」le roseau に言及している。葦は、「自身の生存をしめす形象として、人間をあらわすメタファーとして」[5]つかわれる。葦は、フーヘルの初期の詩にたびたびあらわれ、既出の『少年の池』では、好奇に満ちた少年が、池の葦原に入りこむ姿が、このように描かれる。「彼は、葦にわけ入る、ささくれた黄色い葦に／するとカエルの頭をした水の精が高くはねる――」(GWI, S. 59)。葦は、少年を魔法の世界にみちびく鬮の役目をはたしている。そこでは、自然と少年が一体となった神秘的な統一世界があり、葦は、その世界の重要な構成要素となっている。

しかし、いま葦は、「きしみ、震える」。「klirrt」は、金属などがガチャガチャと音をたてることを意味するが、そうするとそれは、矢もそのひとつである武器の音を連想させ、震える葦は、矢が的に命中したときの振動をつたえているのかもしれない。[6] しかし、このような戦場のイメージが喚起されるとはいえ、矢のように降りそそぐ雨の襲来は、むしろ葦の存在をますます脅威にさらされた無防備な孤立へと追いたてる。この詩のなかにたたずむ葦は、生存のあやうさをあらわすメタファーとして、たとえば後年の詩『冬の詩篇』Winterpsalm の最終連、「わたしは橋の上に立っていた／ひとり空のものうい冷たさをまえにして／いまなおかぼそく息をしているのだろうか／葦ののどをとおして／凍てついた川は」(GWI, S. 155) をいわば先取りしていると言えるだろう。『冬の湖』も『冬の詩篇』も、どちらも「冬」Winter と結びついた語となっているのは、偶然ではないだろう。葦は、どちらの詩でも、人間の実存的不安の暗号としてつかわれているのである。すべてが凍てついた酷寒の世界は、絶望の淵にたたずむ孤独な詩人の心象を象徴している。

この詩が書かれた一九三九年は、ナチス第三帝国が、ポーランドを急襲し、第二次世界大戦が勃発した年である。したがって、幸福な幼年時代の喪失と破滅への脅威を喚起するこの詩は、ナチスが、かつての牧歌的な自然のなかでの人びとのいとなみを犠牲にして「狼たちの世界、ねずみたちの世界」(GWI, S. 98) である戦争へとのめりこんでゆくその致命的な瞬間、フーヘルの謂う「世界状況」(GWII, S. 371) をとらえていると言えるだろう。人間は、そのなかで危険な状況にさらされた葦として、よるべなく震えてたたずむしかない。葦は、この詩によってはじめてフーヘルにまさにそのような暗号としてつかわれる。

カーロウは、この詩はすべて幻影[7] Vision であると言っている。そうすると、これは、現実に存在する風景の一場面をとらえたものではなく、心の中に描きだされた心象風景となる。現実には存在せず、フーヘルの心が映しだしたまぼろしの光景。すべての形象は、かつて実際にフーヘルが見たものに由来しているが、それは、いまやフーヘルの想像域でひとつの脅威的な像をむすぶ。「魚」、「ひれ」、「霧」、「氷」、「矢」、「雨」、「葦」——これらすべては、現実のものに対応しながら、しかしべつのコードに置き換えられている。これをカーロウは、さらに異化 Verfremdung と呼んでいるが[8]、日常見慣れたこのような形象が、未知の異様なものとなってわたしたちのまえにあらわれるとき、それは、ナチス体制下での恐怖の状況を映しだしている。この詩に登場するすべての形象は、それぞれがべつのものの暗号、すなわち喪失、庇護、脅威をあらわす暗号となってフーヘルの心象を形成しているのである。

このように言葉の一つひとつにフーヘル特有の含意をあたえる手法によって、この詩は、初期の自然抒情詩的な世界との一体感を謳いあげた作品と、後年の暗号、記号、メタファーによってつくりあげられた自然に対峙する機密的な抒情詩をむすぶ重要な一里塚と考えられるのである。

註

1 Gert Kalow: Das Gleichnis oder der Zeuge wider Willen, Über ein Gedicht von Peter Huchel. In: Hommage für Peter Huchel, R. Piper & Co. Verlag, München 1968. S. 83

2 Hub Nijssen: Der heimliche König. Leben und Werk von Peter Huchel. Verlag Königshausen & Neumann, Würzburg

1998, S. 323

3 Olof Lagercrantz: Ein großer deutscher Dichter. In: Über Peter Huchel. Hrsg. v. Hans Mayer, Suhrkamp Verlag, Frankfurt am Main 1973, S. 146

4 Gert Kalow: Das Gleichnis oder der Zeuge wider Willen, Über ein Gedicht von Peter Huchel. S. 86

5 ebd., S. 88f.

6 Vgl. Gert Kalow: Das Gleichnis oder der Zeuge wider Willen, Über ein Gedicht von Peter Huchel. S. 86　しかし、「klirrt」が、風の吹きすぎるときにぶつかり合って鳴る凍てついた葦の音を喚起しているのはもちろんである。

7 ebd.

8 ebd.

6.『退却』Der Rückzug

おお　悲しみの夜よ、四月の夜、
そこをわたしは火の靄につつまれて泳ぎわたった、
まわりを黒い水草がただよい、
髪が濁った泥のうえでゆれうごき、
杭をもち、板をもち、
絡まった太枝と腐肉にまみれ、
水に沈んだ葦と凍てついた葉をまとって
死者たちとしずかに川を下っていった。

(GWI, S. 106)

旧東ドイツの詩人ペーター・フーヘル Peter Huchel の処女詩集『詩集』Gedichte は、一九四八年に刊行された。出版は、有名な Aufbau 社によるが、敗戦後間もない物資の乏しい時代を象徴するかのように、黄ばんだ表紙にくわえて質の悪い紙にところどころ印字のかすんだ、簡素というよりもわびしい装丁の詩集である。しかし、この詩集には、フーヘルの半生、すなわち第二次世界大戦終結までの軌跡が刻みこまれている。

全体は、それぞれ『生い立ち』Herkunft、『星の筌』Die Sternenreuse、『十二夜』Zwölf Nächte というタイトルがつけられた三部から成りたつ。第一部は、『アルト＝ランガーヴィッシュの幼年時代』Kindheit in Alt-Langerwisch に代表される幼少期の自然と一体となった幸福な時代を追想する詩と、『ポーランドの草刈り人夫』Der polnischer Schnitter など祖父の農場で出会った下働きや下層階級の人びとの生活を社会批判的精神をもって謳った詩を中心にまとめられている。第二部は、一九二六年から一九二八年にかけてフランスを旅したときに作られた『コラン』Corenc のような詩と、記憶を現在化させる幼年時代の追憶の詩（たとえば『ハーフェル川の夜』Havelnacht）をあつめている。第三部には、一九三三年から第二次世界大戦終結直後までの時代に書かれた詩がまとめられている。

前掲の詩は、第三部の『十二夜』Zwölf Nächte のなかの連作詩『退却』Der Rückzug（GWI, S. 100-107）の一節である。終戦まじかに敵軍から逃れてくる人びとの無残な現実を冷徹に描いた六篇の詩で構成されるこの連作詩は、第六詩が、一五連から成る長詩で、前掲の詩は、その第一〇連にあたる。

フーヘルは、最初からヒトラー政権に批判的だったが、政権が長期化するにつれて「ヒトラーに抵抗できないという確信が、彼の心から気力を奪っていった」[1]。しかし、彼は当初、連作詩『ドイツ』Deutschland の第一詩で訴えているように、のちの世代の人びとの「精神の世界、魂の光」[2]をゆるぎなく信頼していた。

いちばん遅く生まれた息子たちよ、自慢するな。
孤独な息子たちよ、灯りを守れ。
おまえたちのことがいつの時代でもこう語られるように、

ぴかぴか光る鎖ががらがら鳴らないように、
静かに鍛えなおせ、息子たちよ、精神を。

一九三三　　　　　　　　　　　　(GWI, S. 98)

しかしその一方で、フーヘルは、ナチス政権のまがまがしさを敏感に感じとり、メランコリックな秋の情景を隠れ蓑にして、戦争の残酷さを暗示する詩も書いている。

ひそやかに木の葉はうったえる。
ひと知れず苔と地面が凍てつく。
すべての狩人のうえを
高く風にのって見知らぬ犬が駆けてゆく。

ぬれた砂地のいたるところに
森の火薬の燃えさし、
薬莢のようなどんぐりがおちている。
秋はその弾を撃った、
ひそかな弾を墓のかなたに向けて。

聞け、死者たちの樹冠がかさこそ鳴っている、
霧は吹きすぎ、悪霊がくる。

一九三三　　　　　　　　　　　　　(GWI, S. 94)

この詩は、一九四一年『湿った砂のなかに』Im nassen Sand というタイトルで、雑誌『婦人』Die Dame に掲載されたが、のちに詩集『詩集』で『遅い刻《とき》』Späte Zeit というタイトルに変えられた[3]。フーヘルは、ナチス時代に数篇の詩を発表したが、これは、その時代に発表した最後の詩となる。この詩には、連作詩『ドイツ』の第一詩とおなじく、一九三三年の日付がついている。フーヘルがこの日付をとくに重視したのは、一九六〇年十一月十日のある手紙で、「これは、風景の詩であるばかりではないので、あなたが、一九三三年という年号を省かないでくだされば、わたしはありがたく思います[4]」(GWI, S. 393) と書いていることからもあきらかである。一九三三年は、もちろんヒトラーが政権を掌握した年だが、この二つの相反する詩は、この時期のフーヘルの心が、微妙に揺れうごいていたことをしめしている。彼は、政権にいささかの妥協をしなければ、ラジオドラマを書いて糊口をしのぐことができなかったが、そうした状況のなかで、体制への反感と自身の生活の維持のあいだの葛藤に引き裂かれながら、いわば「国内亡命」をおこなったのである。

フーヘルは、一九四一年八月に地上勤務員として国防軍に召集された。そこで通信兵としての訓練を受けたが、この訓練中に問題を起こした。訓練開始の直後、フーヘルは、部下の隊員をことあるごとにいじめていた上官を営庭でなぐり倒したため、すぐに拘禁された。これを知った親友の詩人ギュンター・アイヒ Günter Eich

が、知人で将校だったゲオルク・フォン・デア・フリング Georg von der Vring に知らせ、彼は、フーヘルの事件の書類を手もとに隠し、事件を握りつぶした。「この助力がなければ、ペーター・フーヘルは、ナチ時代をほとんど生きのびることはできなかっただろう[5]」。

さらに、一九四四年の晩夏、イギリス軍のパイロットが撃ち落とされ、隊の司令官が、フーヘルに射殺するよう命じたが、彼は、これを拒んだため、数日間の営倉をくらった。[6] 終戦末期には、無線航法システムである「Y装置」をわざとこわし、一週間使えなくした。また、自分の銃に薬莢の代わりに砂をつめ、これも使えないようにしておいた。しかし、終戦間際の四月下旬、これを憲兵に見つかり、危うく銃殺されそうになったが、からくも脱走して逃げのびた。[7] この脱走の途上で体験したことを詩人は、連作詩『退却』のなかできわめて即物的に、しかしまた自然形象を暗示的にもちいて描いている。

この自然との結びつきについて、ルードルフ・ハルトゥング Rudolf Hartung は、「フーヘルは、自然と結びつくことによって、時代が隠し、これからもたらすであろうまがまがしいことを自然のなかに感じとることができた[8]」と述べているが、『退却』の第一詩を見るかぎり、戦争のもたらした悲惨さが、自然形象をとおして如実に、しかも強いインパクトをもって描かれていることがわかるだろう。「ヘデケ Hädecke、ホルトゥーゼン Holthusen、ツァック Zak、ゲップフェルト Göpfert のようなフーヘルの解釈者たちによって、ツェラン Celan の『死のフーガ』Todesfuge とならんで第二次世界大戦のもっとも力強い抒情的記録と見なされる[9]」連作詩『退却』の冒頭詩は、このように謳われている。

わたしは戦争の栄光を見た。
まるで死のサーベルのかご鞘のように、
雪にあおられてカタカタ鳴って、街道脇に
馬の肋骨が横たわっていた。
一羽のカラスだけが腐肉をもとめてそこの雪のなかを掻いていた、
そこは風が骨をかじり、錆が鉄をむさぼり食ったところ。　(GWI, S. 100)

戦争の栄光の果てにあるこの殺伐とした風景のなかで遂行される詩人の脱走劇は、四月末赤軍によって逮捕されることで終わることになるが、その間の自身の逃亡の体験と避難民の惨状は、つぶさに『退却』に描かれる。クリストフ・メッケル Christoph Meckel は、その戦争体験を「ペーター・フーヘルの戦争の詩（そしてのちにはギュンター・アイヒの詩も）は、わたしにとって最初の合図だった――わたしは、十四歳だった――、恐怖が、形成されるものであること、ペーター・フーヘルによって形成されていたという合図だった」[10]と書いているが、フーヘルの戦争体験の詩は、まさに恐怖を目に見えるかたちでなまなましくわたしたちのまえに描きだしているのである。

冒頭に挙げた詩は、終戦間近の混乱した状況のなかで、詩人が、隊を脱走して泥の川を泳いで逃げてゆくさまを描いている。この間の消息を、フーヘルが一九五三年に再婚した妻モーニカ・フーヘル Monica Huchel が、つたえている。「二日間彼は、飲まず食わずで納屋のなかにいて、とうとう納屋が銃撃されると、暴行された女性たちの叫び声が聞こえた。それから彼は、おそらくハーフェル川の支流の川のなかを泳いでいった。通りの端に立っていると、彼は、捕虜たちのはてしない隊列に並ばされ、リューダースドルフの石灰鉱山に連れて行かれた。そこで腐ったブラッドソーセージが出され、フーヘルは、モミの若枝を食べた」[11]。

冒頭の詩はさらに、ベルトルト・ブレヒト Bertolt Brecht の、オフェーリアを題材にした詩『水死した少女について』Vom ertrunkenen Mädchen を思わせる。第二連と第四連は、つぎのように描かれている。

藻や海藻が身に絡みついて
かの女はゆっくりと重くなっていった
冷たく魚が足に触れて泳ぎ
草とけものも彼女の最後の旅をさまたげた。

……………………………………

あおざめたからだが水のなかで腐ってゆくと
神はかの女をしだいに忘れていった（じつにゆっくりと）
まず顔を、ついで手を、そしていちばんあとにその髪を。
そうしてかの女は川のなかで腐肉になった、多くの腐肉とともに。[12]

川のなかで藻が絡みついて、次第に腐ってゆく神に見放されたオフェーリアの無残な屍が、きわめて客観的にひややかに見つめられている。いうなれば、ここでは「美への救出による悲劇性」[13]が、放棄されていると言ってよいだろう。ラファエル前派の画家ジョン・エヴァレット・ミレイJohn Everett Millaisが、美しい草花にかこまれて川面にただようオフェーリアの崇高な美の極致を画面にとどめた審美的な悲劇性はここにはない。この悲劇性の放棄は、フーヘルが愛読したトラークルに通じていると同時に、現実を透徹した目で見つめるフーヘル自身の精神姿勢でもある。

フーヘルの冒頭の詩は、「水草」、「太枝」、「葦」といった幼年時代に馴れ親しんだ自然世界の形象が、逃亡の残酷な現実を構成する否定的な要素として使われることによって、審美的な世界との訣別を示唆している。かつて自然と人間の神秘的な一体感を謳った世界は、過酷な現実によってとうに追いこされてしまった。これが現実なのだとフーヘルは、訴えているのである。それは、裏をかえせば、フーヘルの「社会正義への強い意識とファシズムへの嫌悪[14]」がもたらした、冷徹な現実理解をしめしていると言えるだろう。

註

1 Hub Nijssen: Der heimliche König. Leben und Werk von Peter Huchel. Verlag Königshausen & Neumann, Würzburg 1998, S. 136
2 ebd., S. 133
3 Vgl. ebd., S. 147 ヒュプ・ナイセンの指摘によると、この詩は、本来Magischer Herbstというタイトルがつけられていたが、雑誌『婦人』の編集部がフーヘルの許可なくタイトルを変更し、これに対してフーヘルは、ひじょうに怒ったようである。

4 これは、ブリストル大学のオーガスト・クロス August Closs 退任教授に宛てた手紙の一節で、この教授が、この詩を Harrap Anthology of German Poetry に掲載する許可をもとめた手紙に対するフーヘルの返事である。

5 Christoph Meckel: Hier wird gold gewaschen, Erinnerung an Peter Huchel. Libelle Verlag, Lengwil 2009, S. 66 この事件に関しては、Hub Nijssen: Der heimliche König. Leben und Werk von Peter Huchel. S. 145 も参照。

6 Hub Nijssen: Der heimliche König. Leben und Werk von Peter Huchel. S. 152

7 ebd., S. 165

8 Rudolf Hartung: »Gezählte Tage«. In: Über Peter Huchel. Hrsg. v. Hans Mayer, Suhrkamp Verlag, Frankfurt am Main 1973, S. 120f.

9 Inge Meiddinger-Geise: Peter Huchel. In: Deutsche Dichter der Gegenwart–Ihr Leben und Werk, Hrsg. v. Benno von Wiese, Erich Schmitd Verlag, Berlin 1973, S. 177

10 Christoph Meckel: Hier wird gold gewaschen, Erinnerung an Peter Huchel. S. 16

11 Ulrike Edschmid: Verletzte Grenzen Zwei Frauen, zwei Lebensgeschichten. Luchterhand Literaturverlag, Hamburg/Zürich 1992, S. 126

12 Bertolt Brecht: Ausgewählte Werke in sechs Bänden, dritter Band. Suhrkamp Verlag, Frankfurt am Main 1997, S. 109

13 野村修：『ドイツの詩を読む』白水社、一九九三年、七六頁

14 Rudolf Hartung: »Gezählte Tage«. S. 120

7.「夏のシビュラ」Sibylle des Sommers

九月は蜂の巣のような光を
岩だらけの庭のはるかむこうへ放射する。
まだ夏のシビュラは死のうとしない。
霧のなかに片足を入れ、顔をうごかさず、
シビュラは葉の茂る家のなかで火を見守る、
そこには巴旦杏の殻が骨壺のかけらとなって
硬い道草のなかに散乱している。
葦の葉が身をかがめ、水に刻み目をつける。
蜘蛛は旅立ち、糸が飛んでゆく。
まだ夏のシビュラは死のうとしない。
シビュラはその髪を木にしっかりと結びつける。
イチジクは腐敗の口をあけてかがやく。
そうしてフクロウの卵のように白くまるく

夕べの月が細い枝のなかできらめく。

（GWI, S. 122）

戦前の一九三二年に発表された『十月の光』Oktoberlicht（GWI, S. 60）は、晩秋の庭の微細な動植物の動きを、注意深い細やかな観察によってきわめて親しげに描いているが、同様のテーマで一九六一年に発表された詩『夏のシビュラ』Sibylle des Sommers は、九月の光を秋のなかに放出しながら、不気味な死を予言している。冒頭二行は、たとえば『十月の光』のなかの美しい一節、「そして白い蜘蛛の糸のなかでなお震えているもの／それは光のなかへ飛んで帰りたいだろう」を想起させ、幼年時代の記憶をよみがえらせる。

しかし、それにつづくシビュラの存在は、すぐさま不気味な影を投げかける。シビュラは、ギリシア神話に出てくる予言者あるいは巫女を意味するが、「火を見守る」という表現から、それが『オリーブの木と柳』Ölbaum und Weide に出てきた老婆であることがわかる。なぜならこの老婆は、一九五九年に発表された詩『錘《つむ》』Die Spindel（GWI, S. 136）のなかの「わたしには見える／老婆が／台所の火のそばで糸をつむぐのが」という一節に対応しているからである。この老婆は、『オリーブの木と柳』の「胸をはだけた／いぼだらけの老婆たち」（GWI, S. 187）と同根であり、「骨壺のかけら」、「腐敗の口」が示唆しているように、死と直接結びついている。『錘《つむ》』の詩のなかで、さらに「額のうしろで／錘《つむ》がうなりをあげ／墜ちてゆく歳月の糸を巻く」と語られるとき、「糸」は、「生命の糸」（玉の緒）Lebensfaden であり、[1] 老婆は、それを巻くことによって「命を奪う」太母のすがたに重なる。死のうとしないシビュラが、二度も詩のなかに表現されることによって、秋になっても依然として人間の命を巻き取る仕事をつづけることが強調される。旅立つ蜘蛛が放出する糸が、人間を絡みこみ、やがて死へと取りこむという章句が、それをふたたび確証する。これは、まさに詩人自身の運命を予言している。この詩を彩っている数々の美しい形象は、詩人の死の意識（予感）がみなぎる伏流水のなかに、暗くまがまがしい真の表情を隠しているのである。

註

1 Axel Vieregg: Die Lyrik Peter Huchels. Zeichensprache und Privatmythologie. Erich Schmidt Verlag, Berlin 1976, S. 108

8.『献詩　エルンスト・ブロッホのために』Widmung *für Ernst Bloch*

秋そして霧のなかのほの暗いいくつもの太陽
それから夜空にかかる火の形象。
それはすばやく落下し、消えてゆく。おまえはそれを守らねばならぬ。
切り通しをけものがすばやく横切る。
そしてはるかな歳月からの響きのように
森の上を一発の銃声が遠くとどろきわたる。
ふたたび目に見えぬものたちが徘徊し
木の葉と雲を川が押しながす。

狩人はいま獲物を家にひきずってゆく、
松の太枝のように突きでた鹿の角を。
もの思う者はべつの足跡をさがす。
彼は切り通しをしずかに通りすぎる、

かつて金色の煙が木から立ちのぼっていたところを。
そして時は、秋風に知恵をさずかり、
鳥たちの旅のように思想を吹きながす。
すると多くの言葉がパンと塩になる。
彼は予感する、夜がまだなにを沈黙しているかを、
宇宙の大きな吹送流から
冬の星座がゆっくりと立ちのぼるとき。

(GWI, S. 134)

一九五五年長年の友人である哲学者エルンスト・ブロッホ Ernst Bloch が七十歳になったのを記念して、フーヘルは、『意味と形式』にブロッホの著わした『希望の原理』Das Prinzip Hoffnung についての彼自身による序論となるようなエッセーを載せようと考えた。それに対しブロッホは、フーヘルに何か祝いになるようなすばらしいものをそのエッセーのまえに添えてくれるよう頼んだ。この願いに応じて彼は、六月『エルンスト・ブロッホのために――彼の七十歳の誕生日に』*FÜR ERNST BLOCH* —— Zu seinem siebzigsten Geburtstag というタイトルの詩を書いた。これは、のちに『献詩　エルンスト・ブロッホのために』Widmung *für Ernst Bloch* (GWI, S. 134) というタイトルに改められた。これは、詩集『街道　街道』におさめられている。

この詩は、フーヘルの詩作のなかで転換点として評価される。それは、この詩によって詩人が、「みずからと創造的な言葉に引きしりぞくことによって、はじめて諦念を告白した」[1]からである。それまでの詩は、多くの場合、最初は絶望ではじまり、最後は希望で終わる構造をとっていた。しかし、この詩は、その構造がむしろ逆転

していする。はじめに、秋の夜空に光るもの（「火の形象」）があらわれ、おわりに冬を告げる星の光（「冬の星座」）が、夜空をのぼってくる。言うなれば、希望から絶望へとこの詩のプロセスは進行してゆくのだが、このような構造からもこの詩は、それまでの詩とは趣きを異にするものと言えるだろう。

しかし、この詩は、実は最初から不吉な影をおびている。一行目の「ほの暗い太陽」が、それを暗示している。「ほの暗さ」Dämmerung は、一九三八年に書かれた『十二夜』Zwölf Nächte (GWI, S. 94f) では、不気味なもの、すなわち死者たちの声を響かせるものとしてあらわれ、アクセル・フィーアエク Axel Vieregg の言う「ヌミノース的なもの」[2] の領域へ入ってゆく。この詩ではそれが、「いくつもの太陽」によって宇宙的＝幻視的な領域へと拡大される。この「ヌミノース的なもの」は、第一連七行目の「目に見えぬものたち」に呼応する。

この不気味な導入につづいて、「火の形象」が夜空にあらわれる。「火」は、フーヘルにとって幼年時代の記憶からしても、守るべき大切ななにかをあらわしているが、フィーアエクはこれを「彗星」と想定し、次の行の「それ」は、「火の形象」を受けていると解釈している。[3] しかし、この点に関するフーヘル自身の証言から、それは、間違いであることがわかる。フーヘルは、一九五八年四月二十二日のギルダ・ムーザ Gilda Musa に宛てた手紙で、「『それはすばやく落下し、消えてゆく』は、火の形象や冬の星座と関係していない。それは、おまえはそれを守らねばならぬと結びついている。あるいは平たく言えばこうだ。多くのものがすばやく落下し、消えてゆく時代にあって、ひとは永遠の価値を守り、保ちつづけなければならない[4]」と言っている。この証言からすれば、「それ」は、「永遠の価値」を意図している。そしてこの「永遠の価値を守り、保ちつづけ」るという意味から考えると、その対蹠として、第一連五行目と六行目および第二連一行目と二行は、それぞれ「はるかな歳月からの響き」と「一発の銃声」そして「狩人」（迫害者）と「獲物」（被迫害者）という表現によって、様々な伝統的価値を破壊し、抑圧的な支配を貫徹したナチス第三帝国と人権迫害をつづけた旧東ドイツを示唆していると考えてよいだろう。

第一連四行目の「けもの」は、迫害された人びとを意味する。彼らは、「すばやく」逃亡する。しかし、「もの思う者」は、ブロッホばかりでなく、フーヘル自身をも仮託しているのだろうが、べつの「足跡」をさがす。すなわち、迫害された人びととはちがって（「しずかに」）、逃亡を選ばず、「かつて金色の煙が木から立ちのぼっていた」みずからとその狭い世界に引きしりぞく。「煙」は、初期の詩においてつねにポジティヴな意味をもっていた、おそらく先にのべた「永遠の価値」がまだ保たれていた世界の象徴である。

「もの思う者」は、亡霊のような「狩人」（「目に見えぬもの」）から距離をおく。第二連六行目の「秋風」は、初出では「年齢」となっていて、これを考慮すれば、六行目と七行目は、歳月を経て英知を得た「もの思う者」が、渡り鳥のように人びとに思想を送っては、それがまたわが身に帰ってくるさまを表現している。そのように思想を積み重ねるなかで、言葉は、「パンと塩」、すなわち人間にとってもっとも重要な生きる糧、肉体的であると同時に精神的な糧となる。ここでフーヘルは、自身にとってもっとも切実な問題である言葉に対する姿勢を告白している。言葉は、生きる糧である。これをフーヘルは、自身にとって厳しい時代となってゆくこの時期に痛切に再認識したのだと言える。この認識は、最後の行が、まさに彼の置かれた状況をしめしているゆえに、ますますその真実内容を際立たせるのである。

「冬の星座」は、オリオン座で、それは、ポセイドンの子で乱暴な「狩人」オリオンを指す。その存在に狩人の不気味さが集約された冬の象徴であるオリオンが、冬の夜空にのぼるとき、夜が孕む恐ろしいもの、すなわち冬の時代がやってくることをブロッホは知っている。それがいかなる脅威であるかを彼は予感している。しかしブロッホは、実はこの詩の書かれた一九五五年六月には、「東ドイツでその名声の頂点」[6]に立っていた。彼は、学術アカデミー会員となり、十月七日に国家功労賞を受賞し、「アウフバウ出版社」Aufbau-Verlagは、彼の新刊を出版した。したがって一年後に反革命主義者として公的に攻撃され、一九五七年一月に強制的にライプツィヒ大学を退職させられたにしても、この時点では、彼は、厳しい時代の到来を予見していなかったはずである。[7]

したがって、「夜がまだなにを沈黙しているかを」予感していたのは、フーヘル自身だということをわれわれは知らなければならない。すでに述べたように、一九五三年にフーヘルは、『意味と形式』の編集長を解任されかけており、彼を取り巻く状況は、しだいに厳しさを増していたものと思われる。フーヘルは、ブロッホに仮託して彼自身の生存にかかわる脅威を告白しているのである。永遠の価値、すなわち彼にとって生きる糧としての言葉を守りながら、為政者たちから距離をおき、彼らとは違う生き方を選択する。それはしかし、彼にとって身を切るほどの厳しい選択だが、「それを守らねばならぬ」と決意している以上、彼は、その困難なつらい道を歩まなければならない。ここに、まさに極限状況における生存の在り方、すなわち彼にとっての実存的な問題が提起されているのである。この詩の表面を政治的な状況が蔽っているとすれば、その深層には彼の生き方そのものを問う根本的な実存的不安が潜んでいる。この点に関して、ギュンター・エルンスト・バウアー＝ラベ Günter Ernst Bauer-Rabéは、「フーヘルの場合、歴史的次元あるいは現実的＝政治的次元に対する実存的なものの優位から出発しなければならない」[8]と指摘しているが、まさにこの視点からフーヘルの後半生の詩を検証することによってはじめて、詩人の本質的な特質を認識することができるのである。

初期の自然抒情詩的なさまざまな形象を織りこみながら描かれた、政治的背景を窺わせる詩が、実はその表面下にフーヘル自身の生存の意味にかかわる実存的な層を堆積させていることを、『献詩　エルンスト・ブロッホのために』がはじめてあきらかにしたが、それ以後の詩は、多かれ少なかれこうした方向性をしめしていると考えられる。

註

1 Peter Hamm: Vermächtnis des Schweigens. Der Lyriker Peter Huchel. In: Merkur 195. Verlag Kiepenheuer & Witsch, Köln·Berlin XVIII. Jahrgang Heft 5, Mai 1964, S. 486

2 Axel Vieregg: Die Lyrik Peter Huchels. Zeichensprache und Privatmythologie. Erich Schmidt Verlag, Berlin 1976, S. 58

3 ebd., S. 57

4 Hub Nijssen: Der heimliche König. Leben und Werk von Peter Huchel. S. 301

5 この一節に関して、フーヘルは、G. Musa に宛ててこう述べている。「『そして時は、秋風に知恵をさずかり』は、散文にすればこう言えるだろう。そして時は吹きすぎる、歳月によって賢くなって。あるいは、最後の成熟の象徴としての秋風は、時のなかを吹きぬけ、時を賢くする」Hub Nijssen: Peter Huchels Spuren, Ein Briefwechsel wie ein Schweizer Käse, Ein Werkstattbericht zur Edition des Huchelschen Briefwechsels. In: Sprache im technischen Zeitalter 1999, 37. Jahrgang, S. 143

6 Hub Nijssen: Der heimliche König. Leben und Werk von Peter Huchel. S. 301

7 ebd.

8 Günter Ernst Bauer-Rabé: Bemerkungen zum matriarchalen Kosmos in der Lyrik Wilhelm Lehmanns und Peter Huchels. In: Peter Huchel. S. 57

9.「街道」Chausseen

墜ちてゆく時代の
扼殺された夕焼けよ！
街道。街道。
逃亡の十字路。
畑をおおう馬車の轍、
畑は打ち殺された馬たちの
目で
燃えさかる空を見た。

煙のつまった肺をもつ夜々、
逃れる者たちの苦しい息にあふれた夜々、
銃弾が
薄明を撃ったときの。

こわれた門から
音もなく灰と風があらわれた、
火は、
不機嫌そうに暗闇を噛みくだいた。

線路のむこうへ放りなげられた
死者たち、
上あごに石のような
窒息した叫び。
蠅で編まれた
羽音をたてる黒い布が
彼らの傷口をふさいだ。

(GWI, S. 141)

Erwürgte Abendröte
Stürzender Zeit!
Chausseen. Chausseen.
Kreuzwege der Flucht.
Wagenspuren über den Acker,

Der mit den Augen
Erschlagener Pferde
Den brennenden Himmel sah.

Nächte mit Lungen voll Rauch,
Mit hartem Atem der Fliehenden,
Wenn Schüsse
Auf die Dämmerung schlugen.
Aus zerbrochenem Tor
Trat lautlos Asche und Wind,
Ein Feuer,
Das mürrisch das Dunkel kaute.

Tote,
Über die Gleise geschleudert,
Den erstickten Schrei
Wie einen Stein am Gaumen.
Ein schwarzes

Summendes Tuch aus Fliegen
<u>Schloß</u> ihre Wunden.

一九六〇年『ハンブルク芸術自由アカデミー年鑑一九六〇年』Jahrbuch der Freien Akademie der Künste in Hamburg 1960 に発表されたこの詩は、もともと第二次世界大戦後まもない一九五〇年に書かれた、「社会主義リアリズムの公的なプログラムのひとつに数えてよい」[1] 農地改革をテーマにした連作詩『法』Das Gesetz（GWI, S. 283-292）の一部をなしていた。その後この詩は、最初の詩集『詩集』Gedichte が刊行された一九四八年以降に書かれた詩をあつめた詩集『街道　街道』Chausseen Chausseen（一九六三年刊）のなかにおさめられた。

五部から成るこの詩集『街道　街道』のなかで、戦争の悲惨さを描いた詩をあつめた第三部に収められているこの詩は、詩集のタイトル詩である。一読すればこの詩が、第二次世界大戦末期かそのすぐあとの東方からのドイツ人難民の群れの悲惨な状況を描いていることがわかるだろう。冒頭四行の述語をもたない言葉の羅列は、その簡潔さによって、この破局の深度が、いかなる奈落まで達しているかを如実にしめしている。とくに冒頭の「時代の夕焼け」という美しい伝統的なメタファーに付されたふたつの形容詞、「扼殺された」と「堕ちてゆく」は、「戦争の恐怖と混沌に沈んでゆく時代の経験」[2] のはかりしれない苦悩と絶望を言いあらわしている。美しい自然形象である夕焼けは、絞め殺されることによって、戦火のなかで砲撃によって空が真っ赤に染まるさまをあらわしているのかもしれない。時代は、堕ちてゆく。堕ちてゆく先は、絶望のほかにはない。

「逃亡の十字路」Kreuzwege der Flucht — Kreuzweg は、避難民たちが逃亡途上で出会うかもしれない十字路であると同時に、キリストが十字架を背負って歩いた「十字架の道」をも意味している。フーベルト・オール

Hubert Ohl は、この点について、「キリストの受難の道と戦争の恐怖から逃れてきた難民の悲惨さをこのように組みあわせることのなかに、この恐怖の時代の犠牲者であるすべての人びとの苦悩が入りこんだ」[3]と述べている。救世主たるべきキリストの救済をすでに失ってしまった逃亡者たちの絶望的な混乱の様相が、この表現に色濃くにじみでている。

煙と銃弾と灰と火に追立てられた人びとが逃げまどう街道の夜は、もはや現実の時刻ではなく、時代の夜、いかなる光も存在しない永遠の暗闇、はてしなくつづく絶望の世界を暗示している。「扼殺された夕焼け」、「煙のつまった肺をもつ夜々」、あるいは、「畑は打ち殺された馬たちの／目で／燃えさかる空を見た」、「こわれた門から／音もなく灰と風があらわれた／火は／不機嫌そうに暗闇を嚙みくだいた」、こうした大胆な擬人化による表現によって、[4]フーヘルの冷徹な視線は、敗戦末期の恐怖の世界の名状しがたい不気味な相貌をあばいている。[5]

この詩は、詩『法』のなかでは最終行にダッシュが付いていて、さらに二行つけくわえられている。

あかるい日をあびて
死のとどろきが過ぎてゆくあいだに。

(GWI, S. 285)

während in heller Sonne
das Dröhnen des Todes weiterzog.

オールは、これによって「全体の記録的な性格は強調されるが、それに先行する恐怖のイメージは相対化された」[6]と評しているが、たしかにこの二行をつけくわえることによって、それまでの凝縮された具体的な死と恐怖のイメージは、散漫になり、説明的になってしまう。詩『街道』でつかわれている形容詞が、すべて否定的な連想をうながすのに対して、この二行が、「あかるい」という形容詞を付加しているのも、全体の破局的な雰囲気にそぐわないだろう。フーヘルは、この一節をあらためて一篇の詩として独立させたとき、混乱をきわめた街道を逃げまどう人びとの緊迫した状況を描くのに、この二行は蛇足と考えたのかもしれない。とくに冒頭四行の簡潔な切迫した言葉のつらなりに対応するには、副文でゆるやかなリズムに流れる詩行より、最終三行の決然とした静的な描写のほうがふさわしいと言えるだろう。[7]

この詩の構成は、単語を組み合わせただけの詩行と、文構造になっている詩行を交互に並べて独特の緊張感を生みだしている。「逃れる者たちの苦しい息」をあらわすかのように、詩行の長さは、不揃いである。とくに第三連では、するどい「ʃ」音（下線部）によって緊迫度がますます高まるように構成されている。

この緊張は、「上あごに石のような／窒息した叫び」の表現のなかで頂点をむかえる。フーヘルの暗号語においては、石は、沈黙と同義である。そのイメージは、うしろにそりかえって膨らんだ舌が、のどをふさいで、苦痛と不安の最後の叫びを窒息させる、[8]それによって生まれる沈黙である。難民の恐怖の絶対的な体験が、断末魔の声にならない叫びによってかたどられる。この光景を見つめる者の驚愕が、この二行に凝縮されていると言ってよいだろう。

最終三行は、ボードレール Charles Baudelaire の詩集『悪の華』Les Fleurs du Mal のなかの詩『腐屍』[9] Une Chorogne を思い出させる。「蠅はぶんぶん唸っていた、腐れただれた腹の上／蛆虫の黒い部隊はそこに溢れ出て／濃い液体のように流れて行った／生きていたぼろきれを伝わって」。このように死体の無残なすがたを描写した詩のなかで、ボードレールはしかし、最終的に美醜や生者必滅の自然の摂理を超えた神聖な永遠の愛を讃えている。それに対し、フーヘルの詩は、蠅と死体の関係を審美的な精神空間に昇華することなく、あくまで冷徹かつ即物的に、イロニーをまじえることなく、残酷な光景の一場面として切りとっている。

フーヘルは、ルドヴィーク・クンデラ Ludvík Kundera に宛てた手紙のなかで、「わたしは、自分をリアリストだと思い、なにがしかの言語形象によって、他の多くの悲壮感をただよわせて書く人びとより現実に近づいたと思っています」(GWII, S. 336) と書いている。たしかに、蠅の凝集による黒いかたまりが、死体をおおいつくす表現には、リアリストとして現実の実相に迫るものがあるだろう。ペーター・ハム Peter Hamm は、これを別の表現で、「ほとんどどの時期においてもフーヘルの詩は、現実を単純に写真に切りとることで満足するあのいわゆる『進歩的な』芸術の大部分よりもより正確な社会状況の鏡である」[10] と述べている。「より正確な社会状況の鏡」は、彼の詩が「より現実に近づいた」ことを示唆しているだろう。それは、フーヘルの謂う、「なるほどいつもそこにあるが、詩人によってはじめてあきらかにされる世界状況」(GWII, S. 371) をあらわしている。この世界状況は、「覆い隠されることのない真実」(GWII, S. 286) と言いかえることができるが、この真実をフーヘルは、生涯にわたって仮借ない言葉で、のちにはさらに苦悩と沈黙を孕んだ暗号をもちいて人びとのまえに突きつけたのである。

註

1 Hub Nijssen: Der heimliche König. Leben und Werk von Peter Huchel. Verlag Königshausen & Neumann GmbH, Würzburg 1998, S. 251

2 Hubert Ohl: Peter Huchel: Das lyrische Werk im Spiegel seiner Titelgedichte. In: Peter Huchel. Hrsg. v. Axel Vieregg, Suhrkamp Verlag, Frankfurt am Main 1986, S. 142

3 ebd., S. 143

4 ヨーアヒム・ミュラー Joachim Müller は、擬人化にかんして、「彼に特徴的なのは、きわめて特殊な種類の詩的海進である。それをわたしは、変容と呼びたい。それは、しばしば異化する機能をもつ。……自然現象は、擬人化され、いや個性化される」(Verwandelte Welt - Zur Lyrik Peter Huchels. In: Peter Huchel. Hrsg. v. Axel Vieregg, Suhrkamp Verlag, Frankfurt am Main 1986, S. 167)と述べて、自然現象を擬人化（個性化）して、日常見慣れたものを未知の異様なものに見せる効果をねらった異化作用をもたらすフーヘルの独特の詩的手法を指摘している。

5 Vgl. ebd., S. 170

6 Hubert Ohl: Peter Huchel: Das lyrische Werk im Spiegel seiner Titelgedichte. S. 142

7 Hub Nijssen: Der heimliche König. Leben und Werk von Peter Huchel. S. 264

8 Vgl. Hub Nijssen: Der heimliche König. Leben und Werk von Peter Huchel. S. 266

9 世界名詩集13　ボードレール『悪の華』平凡社、昭和四十三年刊、五五―五八頁

10 Peter Hamm: Vermächtnis des Schweigens　Der Lyriker Peter Huchel. In: Merkur 195, XVIII. Jahrgang Heft 5, Köln・Berlin, 1964, S. 481

10.「冬の詩篇　ハンス・マイアーのために」Winterpsalm *Für Hans Mayer*

わたしが空のものうい冷たさのなかを、
通りをくだり川岸までくると、
雪のなかに窪地がみえた、
そこは風が夜
肩をやすめてうずくまるところ。
風の弱々しい声は、
上空のじっとうごかぬ太枝のなかで、
白い空気の幻影に突きあたった。
「すべての埋もれたものがわたしをみつめる。
わたしはそれをほこりのなかから取りあげ、
そして裁き手に見せるべきだろうか。わたしは沈黙する。
わたしは証人になるつもりはない」
風のささやきは消えた、

いかなる炎にもあおられることなく。

おお魂よ、おまえがどこへ墜ちてゆくのか、
夜は知らない。なぜならそこには多くのものたちの
無言の不安以外なにもないからだ。
証人が歩みでる。それは光だ。

わたしは橋の上に立っていた、
ひとり空のものうい冷たさをまえにして。
いまなおかぼそく息をしているのだろうか、
葦ののどをとおして、
凍てついた川は。

(GW I, S. 154f)

この詩は、一九六三年に刊行された詩集『街道　街道』Chausseen Chausseen のなかに収められた『Hinter den weißen Netzen des Mittags』、『Soldatenfriedhof』、『An tauben Ohren der Geschlechter』、『Der Garten des Theophrast』、『Traum im Tellereisen』とともに、一九六二年『意味と形式一四巻』Sinn und Form 14 の合併号五号／六号に掲載された。この年の十一月にフーヘルは、十三年間務めたこの文学雑誌の編集長を強制的に解職させられたため、この巻が彼にとっての最終号になった。雑誌をめぐるそれまでの当局とフーヘルの対立につ

いては、べつの個所で書いているので省略するが、[1] さまざまないきさつのなかで、自分が育てあげた雑誌を断念させられ、最終的に辞職に追い込まれたフーヘルの無念は、想像するにあまりある。ハンス・マイアー Hans Mayer は、この合併号が、別離、崩壊、清算を意味し、これが、『冬の詩篇』の本質をなしていると言っているが、[2] まさにこのような背景を考慮しなければ、この詩を正しく理解することは不可能だろう。

タイトルにある「冬」と「詩篇」という言葉の組み合わせは、独特の意味をはらんでいる。多くのドイツ詩において、冬はけっして否定的な題材ではなく、豊饒な春を約束された忍耐の季節として描かれる。たとえば、象徴派詩人シュテファン・ゲオルゲ Stefan George の詩集『魂の一年』Das Jahr der Seele のなかの『雪のなかの巡礼』Waller im Schnee では、春の息吹を予感しながら、冬を耐え忍ぶ詩人の積極的な姿勢が謳われている。[3] しかしフーヘルの冬には、春の到来をうかがわせるような言葉は見当たらない。また「詩篇」は、「高みにいる受け手（神）にたしかに届くと信じた深みからの祈願」[4] を意味する「個人的な信仰の詩」[5] であるが、しかし詩人の「詩篇」には、頼るべき信仰がない。したがって、フーヘルの「冬」と「詩篇」には、文学的な伝統の要素が欠けていると言わざるをえない。

しかしそれでも、もし「冬」と「詩篇」にこのような伝統的な意味合いがかろうじて含まれているとするならば、読み手は、それが、最終三行のなかに込められていると考えるかもしれない。「いまなおかぼそく息をしているのだろうか……凍てついた川は」という疑問形のなかに、詩人が、春の予感と祈りを込めたと考えても、あながち的外れとは言えないだろう。しかし一九六六年に書かれたフーヘル自身によるこの詩の解釈で、彼は、「独白は、予言をあたえない。独白は、答えられない問いを立てる」（GWII, S. 311）と述べて、最終三行を記して解釈を終えている。つまり詩人は、この問いに肯定も否定もしないと言っているのである。しかしまた、「独白は、最後にその出発点（ひとり空のものうい冷たさをまえに）に立ち戻る」（GWII, S. 311）とも述べている。くりかえされる「空のものうい冷たさ」が、この詩全体を支配する基調的な雰囲気をあらわしているとすれば、最終三行は、やはり否定的な響きをもっていると考えるべきだろう。本来は希望と祈りを意味する「冬の詩篇」が、逆説的な使われ方をしているところに、この詩のもつ絶望の深度を推しはかることができるかもしれない。

いま絶望と言ったが、それは、前述した雑誌『意味と形式』の編集長を解任されたことと関係する。この詩を読んで、特異な印象をおぼえるのは、全体的な風景描写のなかにあって、第一連に風のささやきが挿入されていることである。詩人自身の独白と考えてよいこの風のささやきのくだりで、ヘルマン・コルテ Hermann Korte は、「すべての埋もれたもの」を「タブー化され、消化されず、抑圧されたファシズムの野蛮の歴史」[6]と解釈しているが、時期的な条件を考えると、むしろ詩人個人のとくに雑誌『意味と形式』をめぐって上層部と対立するなかで詩人がひそかに守りつづけたものと考えることができる。なぜなら、つぎにつづく「ほこり」は、フーヘルの場合、多くは否定的な意味をもつため、自分がこうむったさまざまな不快で屈辱的な体験（ほこり）――東ドイツ政府による多数の人びとの政治的迫害、共産主義への失望、雑誌の方針をめぐる当局との軋轢など――のなかから自らの真実を取りだして、それを裁き手に見せるべきかと自問しているからである。

その答えは、「沈黙」である。詩人は、みずからの真実、すなわち正義を公にせず、それをいわば十字架のようにみずからのうちに背負いつづけようとする。同じ時期に書かれた政治詩『踏み罠にかかった夢』Traum im Tellereisen は、「倒れた樅の木の遺言／書かれてあるのは／灰色の雨のように耐えて／消えることなく／樅の木の最後の遺言――／沈黙」（GWI, S. 155f）と書いている。詩人は、沈黙をみずからの遺言と銘じることによって、それを守りつづけることが、みずからの真実を証すことなのだと覚悟する。それは、社会的疎外によって深く傷つき、危険にさらされた自我の絶望と境界を接した詩人の矜持である。

　沈黙は、それ以後の詩の全体を流れる通奏低音として、彼の後半生の詩的創作姿勢を規定する重要な要素だが、それは、六〇年代の詩人、パウル・ツェラン Paul Celan やインゲボルク・バッハマン Ingeborg Bachmann の特徴的な「黙りこむ verstummen」詩学に通低していると考えれば、[7] 同時代的な特徴をおびていることになる。しかし、バッハマンの沈黙が、疎外からの脱出とコミュニケーションへの期待を内包し、ツェランの詩が、「極限の恐怖を沈黙によって語ろうとする。詩の真実内容自体が、ひとつの否定的なものになる」[8] として、無機的な存在の眷族になることをめざし、語りえないものを沈黙の言葉によって語りだそうとする一方で、フーヘルの沈黙は、「必ずしも表現の失敗ではなく、強要されて黙り込むのではなく、言葉を自発的に放棄するのである」[9]。それは、語りうるものがあるにもかかわらず、語ることを断念することであり、「言葉の断念は、沈黙させられたことについてなにかを語ることであり、もうひとつの過不足ない表現形式[10]」なのである。その意味から考えると、沈黙することによって、沈黙の裏側に言葉の豊饒を閉じ込める詩人の絶望的な表現行為は、むしろその凝縮された内部の比重が高まれば高まるほど、外部に向かってその密度を析出させずにはおかないだろう。

　この沈黙の世界から析出されるのは、この詩においては硬直 Erstarrung と凍結 Vereisung の風景である。これは、詩行「上空のじっとうごかぬ太枝のなかで」と「凍てついた川は」に由来するが、この詩全体をおおう暗く陰鬱な世界を象徴している。リーノ・ザンダース Rino Sanders が言うように、「風景は、フーヘルに世界を知覚させ、世界に自己の心中を打ち明けさせる媒体である」[11]。かつて幼年時代を過ごしたアルト＝ランガーヴィッシュ Alt-Langerwisch の自然には、「人間とそれを取りまく世界の統一」[12] があり、この世界は、風景の相貌をとり、風景は、詩人にとって親しい調和を保っていた。しかし『冬の詩篇』が描きだす風景は、冷たく、雪が積もり、硬直し、凍てついている。それは、もう一度ザンダースの言葉を借りて言えば、「いま風景は、世界の相貌を呈する。世界は、謎めいて、不気味で、威嚇的で、多義的で、答えをあたえない」[13]ということである。世界は、硬直し、凍結する。詩集『街道　街道』の最後の『詩篇』Psalmに訴えられているように、「荒地は歴史となる」(GWI, S. 157) からである。

フーヘルは、この詩の自己解釈で、風の声は、対になる四行詩（第二連）を喚起すると言っている (GWII, S. 310)。風の声には、人間の弱さが吐露されている。「わたしは証人になるつもりはない」という文言には、当局による精神的迫害ばかりでなく、肉体的暴力への恐怖が内包されている。自己解釈は、こうつづくからである。「読み手が、どの程度風の声を自分自身の問題として感じるか、あるいは暴力に対する生物的な不安（わたしは証人になるつもりはない）を弱さとして非難するかは、読み手の内面的な考え方にゆだねられている」(GWII, S. 310f)。この風の独白に、つづく第二連四行は対応する。

草稿には、もともと第二連はなく、これは、あとからつけ加えられたものである。ここにもまた、虐げられ、抑圧されたあまたの人びとの声にならぬ苦悩がある。この苦悩は、当局との軋轢に苦しめられ、社会的抑圧をこうむった、不気味な夜に呻吟する詩人自身の苦悩と重なる。しかし、そこに光としての証人があらわれる。この証人を、フーベルト・オールHubert Ohlは、「生の徴《しるし》としての証人と結びつくのは、彼にとってくりかえし——まったく聖書的な意味で——ロゴスである。したがって証人としての光は、文学の言葉をも意味する」[14]と述べているが、そうすると、詩人は、希望によって照らしだされた詩的創造を確信していることになる。たしかに、光としての証人は、言葉によって創造される文学を示唆しているが、しかし詩人は、実際にそれを可能だと思っているのだろうか。その答えは、最終連に記される。

先に引用したように、フーヘル自身が、「独白は、予言をあたえない。独白は、答えられない問いを立てる」と述べていることからわかるように、この問いは、答えられないままになっている。マイアーの言い方を借りれば、「生へと向かうのか、それとも致命的な沈黙へと向かうのかは、ここでは決まっていない」[15]ということだが、苦悩の限界状況に生きる詩人の生は、このの
ちも詩的活力をもつのか、それとも最終的に死へといたる運命なのか、詩人自身にもわからない。詩人のたましいは、どこまで墜ちてゆくのか、その先をもはや見いだせない。しかし、ひとつだけわかっていること、それは、墜ちてゆく先には、自分と同じ不安に苛まされる多くの人びとが横たわっているということだ。

実は、墜ちてゆく先はわかっている。この詩の一〇年後に書かれた『月のきらめく鍬のしたで』Unter der blanken Hacke des Monds (GWI, S. 211) の第三連は、このように書かれているからである。「知らずに／わたしは墜ちてゆき／きつねたちの骨のそばへ投げすてられる」。ヒュプ・ナイセン Hub Nijssen によれば、「きつねは、あきらかに否定的な意味をもっている。それは、脅威と死をあらわしている」[16]。あるいは、詩『モスクワ』Moskau (GWI, S. 351) には、「おまえの敵はきつねのように草のなかを徘徊する」とある。そうするときつねは、詩人を威嚇し、迫害し、最後は死にいたらしめる敵対者ということになるだろう。詩人は、これからの人生をこうした敵の餌食になり、不安におびえながら生きてゆかねばならないと予感している。自身の弱さ、無力を仮借なく味わわされることを覚悟している。この絶望的な覚悟をいだきながら、彼は、橋の上に立っている。凍てついた川は、やはりもはや息を止めているのだろうか。

註

1 斉藤寿雄：『ペーター・フーヘルの実存的世界』早稲田大学政治経済学部『教養諸学研究』第一二四号、二〇〇八年、三一頁

2 Hans Mayer: Winterpsalm. In: Doppelinterpretationen. Das zeitgenössische deutsche Gedicht zwischen Autor und Leser. Hrsg. v. Hilde Domin. Athenäum Verlag, Frankfurt am Main 1966, S. 99

3 Vgl. Stefan George: Werke, Ausgaben in zwei Bänden. Verlag Helmut Küpper Vormals Georg Bondi, Düsseldorf und München 1968

たとえば、『雪のなかの巡礼』の最期の詩では、「雪解けの風は激しい突風となって／休耕地の土くれを吹きすぎる／枯れしおれた魂をもって／小径をあらたな花で飾るがよい」と謳われている。

4 Hans Mayer: Winterpsalm. S. 99

5 『岩波キリスト教辞典』岩波書店、二〇〇八年、四八五頁

6 Hermann Korte: Geschichte der deutschen Lyrik seit 1945. J. B. Metzlersche Verlagsbuchhandlung, Stuttgart 1989, S. 85 f.

7 ebd., S. 85

8 Theodor W. Adorno: Ästhetische Theorie. Suhrkamp Verlag, Frankfurt am Main 1995, S. 477

9 Christof Siemens: Das Testament gestürzter Tannen. Das lyrische Werk Peter Huchels, Rombach Verlag, Freiburg im Breisgau 1996, S. 193

10 ebd.

11 Rino Sanders: Chausseen Chausseen. In: Über Peter Huchel. Hrsg. v. Hans Mayer, Suhrkamp Verlag, Frankfurt am

Main 1973, S. 34

12 Hub Nijssen: Der heimliche König. Leben und Werk von Peter Huchel. Verlag Königshausen & Neumann GmbH, Würzburg 1998, S. 201

13 Rino Sanders: Chausseen Chausseen. S. 34

14 Hubert Ohl: »...IM GROSSEN HOF MEINES GEDÄCHTNISSSES« Aspekte der *memoria* in Peter Huchels Gedichtband ›Gezählte Tage‹ . In: Jahrbuch des freien deutschen Hochstifts, Max Niemeyer Verlag, Tübingen 1993. S. 290

15 Hans Mayer: Zu Gedichten von Peter Huchel. In: Peter Huchel. Hrsg. v. Axel Vieregg, Suhrkamp Verlag, Frankfurt am Main 1986. S. 214

16 Hub Nijssen: Der heimliche König. Leben und Werk von Peter Huchel. S. 542

11.『テオフラストスの庭　わが息子に』Der Garten des Theophrast *Meinem Sohn*

昼、詩の白い火が
骨壺の上でおどるとき、
思いおこせ、わが息子よ。思いおこせ、
かつて語らいを木のように植えつけたひとびとを。
庭は枯れている、わたしの呼吸は重くなる、
この時をとどめよ、ここをテオフラストスがとおり、
土にタン皮末の肥料をほどこし、
傷ついた樹皮に靭皮を巻いた。
一本のオリーブの木が朽ちた廃墟を裂く、
そしていまなお熱いほこりのなかに声がある。
かの者たちは、根を掘りおこすよう命じた。
おまえの光り、よるべない木の葉が沈んでゆく。

(GWI, S. 155)

この詩は、フーヘルが、一九六二年十一月に雑誌『意味と形式』Sinn und Form の編集長を解任されたその直前の十月十二日に書かれた。

テオフラストス Theophrast は、ギリシアの哲学者で植物学者（紀元前三七一―二八七）。彼は、アリストテレス Aristoteles の死後その学派を継承し、彼の庭園で弟子たちと集った。遺言でテオフラストスは、彼の庭を、弟子たちに、「聖域のように一緒に所有し、親密に友好的に交わりながら共同で利用するように」遺贈した。[1]

ハンス・マイアー Hans Mayer は、この詩を格言詩と定義している。[2] この詩が、息子への遺言として人生経験から引きだされた英知を教訓として伝えようとしているからである。また形式的にも、フーヘルの後期の詩にはめずらしく、脚韻が踏まれていて、ヨーロッパの詩的伝統に密接に結びついていることも、格言詩としての性格を強調している。二行目の骨壺を、アルフレート・ケレタート Alfred Kelletat は、「過去から、そして無常のなかで残っているすべてのものの容れ物」[3]と言っているが、そうするとこれは、人生経験の知恵を伝える普遍的な「伝統」を意味する。この骨壺は、かつて生きていた古代の人びとの人生がいわば凝集している死の象徴としての骨壺から紡ぎだされた言葉、すなわちテオフラストスと彼の弟子たちが、彼の庭園を逍遥しながら交わした語らいの記憶を呼び起こす。「思いおこせ」、「この時をとどめよ」と命じることによって、この記憶は、過去から現在の隘路を通りぬけて未来へと伝えられるべき、『献詩　エルンスト・ブロッホのために』で述べた「永遠の価値」であることがわかる。

四行目の「語らいを木のように」は、一九三九年に発表されたベルトルト・ブレヒト Bertolt Brecht の詩『のちの世の人びとに』An die Nachgeborenen の一節を暗にしめしていると言われる。「なんという時代なのだろう／木についての語らいがほとんど犯罪であるとは／それがこれほど多くの悪事についての沈黙を閉じこめているからといって」[4]。ピーター・ハチンソン Peter Hutchinson は、ブレヒトが「木についての語らい」を呪っているとすれば、フーヘルは、このような対象に自分が注意を向けたことを誇っているようだと語り、廃墟をベルリンの壁、オリーブの木を雑誌『意味と形式』と同一視している。[5] しかし、この詩は、こうした政治的意味合いを超えて、さらに詩人にとってより重要な実存的かつ文学的な問題を提起していると思われる。

現在の隘路には、枯れている庭をまえにして呼吸の重くなる「わたし」がいる。テオフラストスの時代には豊かな精神の精華が花開いた庭園はすでにない。病んでいる「わたし」はテオフラストスであると同時にフーヘル自身でもある。彼がなぜ病んでいるかは、この詩の書かれた日付があきらかにしている。しかし、生命力を象徴する一本のオリーブの木は、「最後のなぐさめ」[6]である。この木があるかぎり、テオフラストスの伝統は消えることはないだろう。フーヘルにとって決定的に失われたものを意味する「ほこり」のなかに、なおみずからの意思を保持する「声」があり、詩『冬の詩篇』Winterpsalm（GWI, S. 154f）のなかで「証人が歩みでる。それは光だ」と語られているところの文学への希望があるからである。しかし、その木も、根が掘り起こされる、『献詩エルンスト・ブロッホのために』に登場した徘徊する「目に見えぬものたち」によって。

編集長の解任という脅威をまぢかにひかえて、フーヘルの胸中に去来するのは、テオフラストスの運命である。その庭園は、テオフラストスの死ぬ数年前に戦争で破壊され、彼自身アテネから追放された。彼が大切にはぐくんできた庭園は、時の権力者によって破壊され、芸術についての語らいは禁じられる。オリーブの木の光である木の葉は、守られることなく落ちてゆく。時代は貧しくなり、没落してゆく。少なくともフーヘルにはそう思われる。フーヘルは後年、「記憶の宮殿」についてつぎのように言っている。「わたしたちはみな、荒廃の軌道が、この宮殿を通り抜けていったことを知っている」[7]。自然の荒廃（失われた故郷の自然）、人間の荒廃（東ドイツ当局との対立から迫害へと至った経緯のなかでの人間不信)、謂うなれば世界の荒廃が、フーヘルのもっとも大切な記憶の宮殿を破壊してしまったことを、フーヘルは、みずからの人生から引きだした教訓としてだれよりも強く感じていたにちがいない。この荒廃した時代に対する省察が、フーヘルに生存の在り方そのものに対する内省をうながす。自分はこのような状況のなかでいかに生きてゆけばよいのか。まさにそれは、彼にとって実存的な問題なのである。

たしかなのはこれだけだ。庭園が失われ、オリーブの木が失われ、語らいが失われてゆくなかで、記憶は救い出されなければならない。三行目の「思いおこせ」という命令形が二度も重ねて使われているのは、まさにこの記憶の保持を強調しているからである。そしてそれが、息子への遺言として語られているのは、記憶を荒廃から守ることが、「詩の使命であり、可能性」[8]だからである。この可能性を確保するために、庭園は、ブレヒトの詩の場合と同様、「のちの世の人びと」を象徴的にあらわしている息子の記憶のなかで生きつづけなければならない。その守るべき記憶は、エレーナ・クローチェ Elena Croce の言葉を借りれば、「文学的質の基準とそこからおのずと生まれる創造的な自由」[9]である。自身も含め、かつて文学の質の高さを誇り、自由な精神で文学活動をおこなった人びとがいたことを忘れてはならない。この真実を伝えることが、まさにこの時点での彼の生きる拠り所となる。

政治的迫害による生の苦悩、それは、死を意識した表現(「骨壺」、「庭は枯れている」)によって、実存の深みをもたらしている。この詩の収められた詩集『街道　街道』Chausseen Chausseen の次の詩集のタイトルは、この詩の翌年から書きはじめられた詩をまとめた『余命』Gezählte Tage であり、このタイトルはのちにつけられたとはいえ、すでにこの時期から詩人は、死の意識をしだいにいだきはじめていたことがわかる。このような死を意識した実存的苦悩を味わいながら、フーヘルはしかしその一方で、状況に耐えるちからをあたえてくれるものが文学（詩）であることも確信している。「詩の白い火」は、庭園を破壊しがたいもの（記憶）に変えるちからをもっているからである。

フーヘルの詩は、彼の後半生において実存をめぐる内省へと向かうことによって、生存と文学が彼にとっていかに密接に結びついているか、そしてその結びつきのなかで自身がどのように生きてゆくべきかの認識を提起している。彼が、みずからの生存を脅かす状況のなかで、あくまでも言葉を通してその状況に耐え抜こうとしたことが、彼の詩人としての生の核心をなす。それが、暗号やメタファーによって蔽われた、一見読者とのコミュニケーションを拒絶するかのような難解な表象世界であったとしても——彼は、一九七二年「それ（私が詩に書く世界）は、ふたたびメタファーや暗号で蔽われるだろう」（GWII, S. 384）と言っている——、彼は、読者に、そうしたものの背後にある失われることのない記憶の在り処を探り当てることを期待することによって、言葉のちからを信じつづけたのである。それが、おそらくは彼の実存の唯一の拠り所だったのだろうと思われる。

註

1 Vgl. Peter Huchel: GWI, Anmerkungen. S. 411

2 Hans Mayer: Zu Gedichten von Peter Huchel. In: Peter Huchel. Hrsg. v. Axel Vieregg, Suhrkamp Verlag, Frankfurt am Main 1986. S. 208

3 Alfred Kelletat: Peter Huchel: »Der Garten des Theophrast«. In: Über Peter Huchel, Hrsg. von Hans Mayer. Suhrkamp Verlag, Frankfurt am Main 1973, S. 96

4 Bertolt Brecht: Ausgewählte Werke in sechs Bänden. Suhrkamp Verlag, Frankfurt am Main 1997, Dritter Band. Gedichte I, S. 349

5 Peter Hutchinson: »Der Garten des Theophrast«–Ein Epitaph für Peter Huchel? In: Über Peter Huchel, S. 81-95

6 Alfred Kelletat: Peter Huchel: »Der Garten des Theophrast«. S. 99

7 Peter Huchel: ›Dankrede anläßlich der Überreichung des Österreichischen Staatspreises für europäische Literatur‹ In: GWII, S. 314

8 Alfred Kelletat: Peter Huchel: »Der Garten des Theophrast«. S. 100

9 Elena Croce: Peter Huchel. In: Über Peter Huchel, S. 101

12.『オフェーリア』Ophelia

朝方、おそく
白い薄明に向かって、
浅い川を
長靴が渡り、
長い棒が突き立てる、
荒々しい命令、
彼らは泥だらけの
有刺鉄線の筌を持ちあげる。

王国はないのだ、
オフェーリア、
叫びが
水を穿ち、

魔法が
弾を
柳の葉にあてててこなごなにする王国は。　(GWI, S. 175)

一九六六年に発表されたこの詩『オフェーリア』Ophelia (GWI, S. 175) もまた、『洗濯日』Waschtag (GWI, S. 218) と同様、政治的な出来事から生まれている。

この詩は、ヒュプ・ナイセン Hub Nijssen によれば、鉄のカーテンのこちら側へ渡ろうとして果たせなかったひとりの女性の死を謳ったものである。[1] この女性は、おそらく川を徒歩で渡って国境を越えようとして捕らえられたか、殺されたのだろう。もしかしたらオフェーリアと同じように、死体となって水面に漂ったのかもしれない。オフェーリアになぞらえられたこの女性に、救いの手を差しのべるものはなにもなかった。神の加護を祈っても、旧約聖書にあるようにモーセによって紅海の水が割れることもなければ、魔法で鉄砲の弾が砕け散る奇跡も起こらない。魔法の王国は存在しない、現実とはこういうものなのだと詩人は教えている。彼は、みずからの立場をいわば政治の犠牲になった女性に重ね合わせることで、彼を軟禁状態に追いこんだ政治の理不尽さを語るのである。しかしこの不条理に対して、「魔法の王国」である文学は、なにひとつ変えることができなかった。かつてと同様、これからもそれは変わらないだろうと、詩人は自責の念をこめて洞察している。政治に対する文学の無力に「有刺鉄線の筌」がとどめを刺す。

「有刺鉄線の筌」——筌は、葦で編まれた魚を捕らえる袋状の籠で、かつて幼年時代の幸福の象徴だった。「おお、花咲くツァウフよ」(GWI, S. 51) と謳われたポツダム近郊の村アルト＝ランガーヴィッシュ Alt-Langerwisch で幼年時代を過ごしたフーヘルにとって、そこは彼の文学の「根源」[2] だった。そこには、「人間とそれを取りまく世界の統一」[3] があった。筌は、川や沼の多いこの美しい故郷を象徴する形象のひとつとして、フーヘルにたびたび採りあげられ、詩『星の筌』Die Sternenreuse（一九二七年作、一九四七年発表）のなかではこう謳われている。「水のなかには星の筌が吊るされていた／わたしが筌を裂け目から引きあげると／いくつもの水晶の部屋がきらめき／藻の緑色の森がただよい／わたしは黄金をすくいとり、夢のいかだを流した」(GWI, S. 83f)。川に沈められた筌のなかに、水鏡のように星が映っている。喩えようのない美しさで表現された「星の筌」は、世界の統一が失われてしまったゆえに、ますます詩人の記憶のなかにかけがえのない存在として光りかがやいているのである。

筌はしかし、『オフェーリア』では有刺鉄線でできている。詩人にとって文学の根源であり、数々の美しい詩を生みだした幸福な幼年時代の記憶の重要な構成要素である筌は、いまや多くの罪なき人びとを捕らえる残酷な罠となって、酷薄な政治の道具と化している。オーロフ・ラーガークランツ Olof Lagercrantz は、「以前には星と同一視されていた筌は、その背後で自由な言葉が鎖につながれている封鎖へと変わる」[4] と述べているが、記憶の内実をうばわれた筌は、たしかに文学営為の不可能性を象徴していると言えるだろう。この筌という言葉に込められた喪失と絶望の深度は、「魔法の王国」と迫害の現実のあいだの途方もない落差に対応している。この克服しがたい落差の象徴として、「有刺鉄線の筌」は、フーヘルのまえにいやおうなく現前する。この拒むことをゆるされない現実は、「記憶の宮殿」であるかつての文学世界からの訣別を余儀なくさせるが、この訣別を強いるのが政治の苛酷さであることを、フーヘルは、「有刺鉄線の筌」という暗号によって告発しているのである。

詩人の後半生が生み出した詩の多くは、こうした政治的含意を内包する独特の暗号や記号やメタファーによって表現されているが、それは、フーヘルが、東ドイツ当局の検閲や攻撃をかわしてみずからの文学行為をまっとうするために、危険を覚悟したきわどい表現手段によって詩的自我の世界を表現しようとしたからである。言葉が、このように生存にかかわる厳しい政治的現実を背景にしているのであれば、この時期に書かれた詩の多くには、政治的な層が厚く堆積していると考えなければならない。しかし、それと同時に、こうしたみずからの境遇への内省が、なによりも詩人自身による文学営為の意味の問いかけの契機をなしていること、すなわち政治的迫害の現実が、潜在的に自身の文学姿勢の表明をうながしていることを指摘しておかなければならない。

註

1 Hub Nijssen: Der heimliche König. Leben und Werk von Peter Huchel. S. 383

2 Peter Huchel: „Meine Freunde haben mir geholfen." Interview mit Veit Mölter. GWII, S. 370

3 Hub Nijssen: Der heimliche König. Leben und Werk von Peter Huchel. S. 201

4 Olof Lagercrantz: Ein großer deutscher Dichter. In: Über Peter Huchel, Hrsg. von Hans Mayer. Suhrkamp Verlag, Frankfurt am Main 1973, S. 148

13．『流刑地』Exil

夕刻友人たちが近づいてくる、
丘の影たちが。
彼らはゆっくりと敷居をまたぎ、
塩を暗くし、
パンを暗くし、
わたしの沈黙と会話する。

外の楓に
風がゆれる。
わたしの妹、石灰の窪地の
雨水、
囚われて、
それは雲を見おくる。

風とともに行け、
影たちは言う。
夏はおまえの心臓に
鉄の鎌をおく。
立ち去れ、楓の葉に
秋の傷痕が燃えるまえに。

忠実であれ、と石は言う。
朝まだきが
明ける、すると光と葉が
交錯し、
顔が
炎となって消えてゆく。

(GWI, S. 178)

この詩は、一九七二年に刊行されたペーター・フーヘル Peter Huchel の三作目の詩集『余命』Gezählte Tage のなかに、第一部の五番目の詩として収められている。この詩の初出は、全集では一九六八年となっているが、ヒュプ・ナイセン Hub Nijssen の指摘では、すでに一九六五年に発表されている。[1] 一九六三年四月末から八年間にわたって軟禁状態におかれることになるフーヘルの揺れうごく二年目の心境をあらわしたものである。
タイトルとなっている「流刑地」――これは、この詩にあっては、空間的に他の場所に追放されるのではなく、出国を拒絶された人間の自宅軟禁を意味する。それは、具体的には、一九五四年夏に引き移ったベルリン Berlin 郊外のヴィルヘルムスホルスト Wilhelmshorst の、彼の詩にも登場するフベルトゥスヴェーク Hubertusweg 四三―四五番地の自宅である。ここにフーヘルは、一九七一年四月二十七日に東ドイツを出国するまで閉じこめられた。この場所は、フーヘルにとって文字通り「流刑地」となった。

この流刑地をおとずれる友人、それは「丘の影」である。この影をナイセンは、フーヘルを見張る密偵と断定し[2]、フーベルト・オール Hubert Ohl は、「孤独」と解釈している[3]。たしかにナイセンの言うように、詩集の夕イトル詩『余命』Gezählte Tage では、「背中合わせの／ふたつの影／ふたりの男が凍てついた草むらで待っている」(GWI, S. 184) とあり、また詩『フベルトゥスヴェーク』Hubertusweg では、「あそこの下のほうに／よどんだたばこの煙のようにみじめに／わたしの隣人が立っている／わたしが家をでると、わたしの足跡を追いかけるわたしの影」(GWI, S. 222) とあり、影は、フーヘル家を見張る密偵とすることが妥当であるように思われる。しかし、影を「友人」と表現することによって、フーヘルが孤立した生活のなかで親しくまじわる存在を暗示し、それが、家のなかに侵入してくる（第一連三行目）ことによって塩とパンを暗くすることを考えると、それは、むしろ実態をもたない心理的な暗闇としての孤独と解釈することもできる。フーヘル自身が、解釈者には、テクストからさまざまな層を発見する権利が認められていると述べているように (GWII, S. 309)、「影」もまた複数の意味の層をもっていると考えてよいだろう。しかし両解釈を統合する第三の解釈があるとすれば、詩人を抑圧する東ドイツの権力機構の象徴としての密偵という無言の圧力のもとでの、理不尽に強要された深い孤独と孤立と考えることによって、「影」の射程を捉えることができるのではないだろうか。いずれにせよそれは、詩人の心の闇によって投影された具体的な実態をもつ心的状況の比喩である。

この影は、塩とパンを暗くする。オールは、これを客である友人の手土産と解釈しているが[4]、むしろこれは、フーヘルに属する彼に固有なものと考えるべきではないか。なぜなら、それは、人間が生存するために最低限必要な食料品であると同時に、詩人にとっては「言葉」でもあるからである。エルンスト・ブロッホ Ernst Bloch にささげられた詩『献詩　エルンスト・ブロッホのために』Widmung *Für Ernst Bloch* には、「そして時は吹きすぎる、秋風に知恵をさずかり／思想は鳥たちの旅のように流れてゆく／すると多くの言葉がパンと塩になる」(GWI, S. 134) と表現されている。生きる糧は、精神の糧になる。そうすると、塩とパンを暗くする影は、詩人の言葉の創造性を奪う、詩人の文学的営為にとって脅威となる存在であることがわかる。

フーヘルは、一九六三年四月二十一日に当時の西ベルリンのフォンターネ賞を受賞した。それを受けとるか否かで、東ドイツ当局と激しく争ったために、最終的に軟禁生活へと追いこまれたのだが、そのきっかけは、アルフレート・クレラ Alfred Kurella の最後通牒的な手紙だった。「この手紙にわたしは、まったく返事を返さなかった[5]。そしてこの日から、手紙も雑誌ももはや受けとることがなかった」(GWII, S. 379)。さらに言えば、詩人の家に密偵が張りつき、「客はだれも来ない」(GWI, S. 225) という軟禁生活がはじまるのである。フベルトゥスヴェークの「流刑地」に閉じこめられ、あらゆるコミュニケーションを絶たれた孤独と孤立が対話する相手は、「わたしの沈黙」以外にはない。この第一連には、フーヘルの文学的創造性の危機と生存をおびやかす実存的不安が、同時に語られていると言ってよいだろう。これは、フーヘルが、前述の『献詩　エルンスト・ブロッホのために』を発表した一九五五年以降フーヘルの詩学を特徴づける言葉の問題性と死の脅威の同時性をしめしている[6]。

第一連で外から家の内部へとみちびかれた視線は、第二連以下でふたたび戸外へと向けられ、フーヘルのおかれている政治的状況は、自然の世界へと移しかえられる。つまり「ここでもまた詩人に対して状況を照らしだすのは、水、影、石」[7]という自然形象であり、それは、自然形象をもちいて「世界状況」を認識し、形成するフーヘルの詩を本質的に特徴づける要因である。

第二連では、詩『冬の詩篇』Winterpsalm（GWI, S. 154f）で風のささやきが語られたように、ここでも風をとおして独白が語られている。「わたしの妹」は、風の妹である。それは、「石灰の窪地の雨水」das Regenwasser in kalkiger Mulde と言い換えられているが、窪地は、前掲の『冬の詩篇』では「わたしが空のものうい冷たさのなかを／通りをくだり川岸までくると／雪のなかに窪地がみえた」、またフーヘルの一九六三年四月三日の六十歳の誕生日をきっかけに生まれた詩『六三年四月』April 63（GWI, S. 217）では「わたしの歳月の氷のように冷たい窪地に」として登場する。

窪地は、詩人にとって避難所であると同時に、外部の脅威にさらされた場所であり、詩人の歩んできた人生の経験が堆積した場所でもある。この窪地は、最初の草稿では「錆びたトロッコに囚われて」（GWII, S. 416）となっていて、ギュンター・アイヒ Günter Eich に宛てた一九六三年四月十日の手紙――「巨大な機関車が、わたしを引込み線にひき入れ、封鎖された路線が予測できる、つまりおまえはここで錆びつくだろう」[8]――を考慮すると、人生の引込み線に追いやられ、錆びたトロッコに押しこめられて無意味な生を負わされた詩人の未来への絶望が、この表現にこめられていると考えられる。のちの稿では、さらにこの部分は「岩だらけの窪地に」（GWII, S. 417）と書き換えられ、これは、言葉が岩に捕えられていることを暗示する。[9]そして最終稿の「石灰の窪地」――石灰質の地面は、「verkalken」された場所である。この言葉は、石灰が沈着して機能が低下し、硬化することを意味するが、そうすると、ペーター・ヴァプネヴスキー Peter Wapnewski が、「石化の暗号、硬化のトポス」[10]と呼んだ自然形象である人生の経験が石化した窪地は、いわば「みずからの根っこに突きあたる」[11]詩人の寂寞とした心象風景の構成要素となる。水は、フーヘルの詩では語ることとそのものをあらわすが、石灰の窪地にたまった雨水は、自由の象徴である雲の行き過ぎを見やるばかりのその場に囚われた存在として、流刑地に閉じこめられた詩人の孤立状況を暗示すると同時に、語ることが不可能となる言葉の危機をも示唆している。

第三連で友人である影は、「おまえ＝わたし」に「風とともに行け」とうながしている。どこへ行けと忠告しているのか。政治的に考えれば、それは亡命地だろう。タイトルの「流刑地」には、亡命地の意味もあり、フーヘルは、すでに軟禁生活の始まった一九六三年七月に東ドイツを出国する希望を友人にもらしている。影は、出国をうながすが、そこにはしかし同伴者として風がいっしょであることから、この亡命はけっしてフーヘルにとってのぞましいものではない。なぜなら、第二連で風が、死の世界を意味する不吉な楓のなかで揺れうごいているからである。

夏は、「おまえ」に死の宣告をし、秋は、亡霊となった兵士たちの骸が、夕べの暗闇にまぎれて町を徘徊するさまを描いた『兵士たちの墓』Soldatenfriedhof (GWI, S. 147f) に、「そうして夕焼けの傷痕が／屋根のうえに燃えている」とあるように、不気味な死の風景がおとずれることを楓とともに告げている。どのように時がすぎようと、死しか自分には待っていないということを詩人は、ここで痛切に自覚している。しかし、この死をまぬがれるかのように見える亡命にもまた、影と楓が、孤独と死の世界の象徴としてつきまとっている。ここにもまた詩人の実存的な死の脅威が、はっきりとあらわれている。

出国を命じる影に対し、第四連はしかし、「忠実であれ」と石が命じている。ルードルフ・ハルトゥング

Rudolf Hartung は、この一節を、「立ち去るか、とどまるか、このはるか昔からの人間的な二者択一は、この詩のなかでまだ政治的アクセントをもっている[12]」と述べて、「忠実であれ」を「とどまる」べき場所＝流刑地＝東ドイツとして政治的に解釈しているが、フーヘル自身の説明では、それは、「自分自身に忠実であれ」という精神的な意味合いをもった表現である。[13]

第一連から第三連までの、実存的脅威にさらされたフーヘルの言葉の危機は、「忠実であれ」と命じる石によって回避される。なぜなら、石は、フーヘルにとって「言葉の住まう場所[14]」だからである。詩『アザミの根の下に』Unter der Wurzel der Distel（GWI, S. 156）には、こう謳われている。「アザミの根の下に／いま言葉が住まう／身をそむけることなく／石だらけの地中に」。

また、詩『ローマ』Rom（GWI, S. 249）では、アザミと石は、言葉の隠れ家としてあらわれるが、それは同時に、言葉を守るためにみずからを閉ざす沈黙のための避難所でもある。「荒れはてた月桂樹／その背後にアザミと石でつくられた／隠れ家／それは声を発することを／こばむ」。

この詩のように、石は、多くの場合「沈黙」と同義に使われるが、しかしこの沈黙は、フーヘル自身が、一九五八年のある手紙で、「世界の沈黙は永遠にはつづかないだろう、目ざめた沈黙だ」（GWII, S. 341）と語っているように、「言葉の自発的な放棄[15]」であると同時に、「詩の語りだされる沈黙[16]」と言ってよいだろう。言葉をうちに秘めた沈黙そのものが、逆説的に言葉の積極的な表現形式となるのである。ヘルムート・カラーセク Hellmuth Karasek は、それを、「彼は、沈黙を説得し、永続を否定することによって永続を暗号化する無言で消え去るものを言葉に移しかえる[17]」と表現し、沈黙に言葉を与えることによって黙りこむことと無常を克服する沈黙のもつ創造的な力を指摘する。

言葉を内包し、守る石が、「忠実であれ」と命じることは、たとえ沈黙しても、みずからの文学姿勢に忠実であれ、すなわち言葉の創造活動にたずさわる詩人自身の立場を放棄するな、言葉を堅持せよと訴えているのである。この自発性が、「希望の要因[18]」であることを、夕べの影が消えるとともによりよい未来の到来を予想させる「朝まだき」の、曙光をあびて光と木の葉が交錯しあう光景が暗示しているばかりでなく、最後から二行目の「顔」がはっきりとしめしている。フーヘルは、ある手紙で、「顔は、身体の顔であるとともにヴィジョンである」(GWII, S. 356f) と説明している。ヴィジョンは、「よりよい未来の希望のしるし[19]」として、詩人の詩的創造性を保証する表現である。夜が明ければ、いつか流刑も終わるときが来る。この願望を詩人は、「顔」というヴィジョンに託したのである。

詩人は、みずからの場所を流刑地と称える極限的状況のなかで、その場に踏みとどまって文学営為をつづけることが、自身の矜持であると確信している。立ち去らず、とどまることは、場所の問題ではなく、妥協して信念を放棄するか、それとも自身の立場をあくまで堅持するかの二者択一に対する精神的決断の表明なのである。

註

1 Hub Nijssen: Der heimliche König. Leben und Werk von Peter Huchel. Verlag Königshausen & Neumann, Würzburg 1998, S. 515

2 ebd., S. 516

3 Hubert Ohl: »...IM GROSSEN HOF MEINES GEDÄCHTNISSSES« Aspekte der *memoria* in Peter Huchels Gedichtband ›Gezählte Tage‹. In: Jahrbuch des freien deutschen Hochstifts, Max Niemeyer Verlag, Tübingen 1993, S. 295

4 ebd., S. 295

5 この間の事情については以下のテクストを参照。Hub Nijssen: Leben im Abseits. In: Am Tag meines Fortgehns Peter Huchel (1903-1981). Hrsg. v. Peter Walter, Insel Verlag, Frankfurt am Main und Leipzig 1996, S. 272f.

6 Hub Nijssen: Der heimliche König. Leben und Werk von Peter Huchel. S. 494

7 Rudolf Hartung: »Gezählte Tage«. In: Über Peter Huchel. Hrsg. v. Hans Mayer, Suhrkamp Verlag, Frankfurt am Main 1973, S. 121

8 Hub Nijssen: Lenben im Abseits. S. 272

9 Hub Nijssen: Der heimliche König. Leben und Werk von Peter Huchel. S. 517

10 Peter Wapnewski: Zone des Schmerzens. In: Über Peter Huchel. S. 133

11 Hubert Ohl: »...IM GROSSEN HOF MEINES GEDÄCHTNISSSES« Aspekte der *memoria* in Peter Huchels Gedichtband ›Gezählte Tage‹. S. 297

12 Rudolf Hartung: »Gezählte Tage«. S. 122

13 Vgl. Reiner Kunze und Mireille Gansel: Die Chausseen der Dichter, Ein Zwiegespräch über Peter Huchel und die Poesie. Radius-Verlag 2004, S. 24
「わたしは、フーヘルに、『getreu』という言葉を『fidèle』と訳すべきか、それとも『loyal』と訳すべきか尋ねた。するとフーヘルは、『fidèle』で、と言った。というのは、これは、自分自身に対して忠実であることを意味し、一方『loyal』は、他の人に対しての忠実を意味するからだ」。

14 Hub Nijssen: Der heimliche König. Leben und Werk von Peter Huchel. S. 507

15 Christof Siemens: Das Testament gestürzter Tannen. Das lyrische Werk Peter Huchels, Rombach Verlag, Freiburg im Breisgau 1996, S. 193

16 Cornelia Freytag: Weltsituationen in der Lyrik Peter Huchels. Europäischer Verlag der Wissenschaften, Frankfurt am Main 1998, S. 205

17 Hellmuth Karasek: Peter Huchel. In: Über Peter Huchel. S. 16

18 Ludwig Völker: Himmel und Erde Die Bedeutung der Vertikalen im lyrischen Weltbild Peter Huchels. In: Sprache im technischen Zeitalter. SH. Verlag GmbH, Köln 1999, S. 211

14.「オリーブの木と柳」 Ölbaum und Weide

ひびわれた段丘のけわしい上り坂
その坂の上にオリーブの木、
塀際には
石たちの精霊、
いまなお
空中を灰白色の銀の
かすかに寄せては砕けちる波、
風が葉の色あせた裏側を
虚空へめくりあげるとき。

夜は枝にその投網をかける。
光の骨壺は
海にしずむ。

影が入り江に錨をおろす。

またやってくる、霧のなかにかすみながら、
辺境の草原の葦にけぶるもやに
ひたされて、
ヴェンドの柳の母たちが、
胸をはだけた
いぼだらけの老婆たちが、
池の縁、
黒い目をして口をとざした水の縁で、
わたしの記憶である
大地に足をうずめながら。

(GWI, S. 187)

この詩は、一九七一年九月に書かれたものらしい。[1] フーヘルは、同年四月に旧東ドイツを出国し、国際ペンクラブのはからいで、まずイタリアのローマ Rom のヴィラ・マッシモ Villa Massimo の賓客となって一年近く滞在したあと、ドイツのフライブルク Freiburg 近郊のシュタウフェン・イム・ブライスガウ Staufen im Breisgau に引き移った。そうするとこれは、最初の滞在地であるイタリアで書かれたことになる。

第一連は、出国によって解放された詩人が享受する、きらめくイタリアの風景を描いている。風にめくれるオ

リーブの葉の白い裏側が、寄せてはかえす波のように空中にひるがえっている。この美しい光景を喚起する「生命の木」であるオリーブは、イタリアを象徴している。石は、「アザミと石でつくられた隠れ家」(GWI, S. 249) と謳われているように、詩人を外的な攻撃から守るものである。一九七一年のあるインタヴューで、「わたしがいちばん滞在したいのはイタリアで、ローマとナポリのあいだのどこか入り江の村に住みたい」(GWII, S. 372) と言っていることからわかるように、詩人はイタリアをひじょうに気に入っていた。崇拝とも言える素朴な自然への思いが、幼年時代の美しい自然形象を散りばめた初期の詩と同じように、この詩の第一連に凝縮している。

しかし、第二連の「骨壺」と「影」は、フーヘルにとって死者の世界を暗示し、生を破壊するネガティブな暗号として、それにつづく第三連に文字通り不吉な影を投げかける。

第三連に登場する「ヴェンドの柳の母たち」は、故郷を謳った初期の詩にたびたびあらわれる「女中」、「老婆」と同じ位置価値をもつ、バッハオーフェン Johann Jakob Bachofen の謂う「太母」Die Große Mutter を意味する。ヴェンドについて、アクセル・フィーアエク Axel Vieregg は、「フーヘルは、大地の母を『ヴェンド的』と、すなわちフーヘルの出身地であるベルリン周辺の今日なお生存しているスラヴ系残留民族のなかに根づくものと特徴づけている」[2]と指摘している。それは、本来フーヘルにとって、自然との調和を象徴し、豊饒の大地を意味する記号だった。たとえば、詩『帰郷』Heimkehr (GWI, S. 110)（一九四八年）では、「あれは太初の母／いにしえの空のもと／あまたの民の母だった」と謳われ、『ある秋の夜』Eine Herbstnacht (GWI, S. 138)（一九五三年）では、「沼と川、峡谷と星／すべてを生みだした太母の闇」（下線部初出）と謳われている。

しかし、記憶のなかから甦るこの「母たち」は、「黒い目をして口をとざした水の縁」に佇みながら――この一節は、『踏み罠にかかった夢』Traum im Tellereisen のなかの「雹は刻みこむ／すべらかな黒い水たまりに／

墓碑銘を」(GWI, S. 155) を想起させ、黒い水が、まがまがしい死を暗示する記号であることがわかる——、いまや死の病におかされ(「悲しみ、苦悩、死の木である柳」[3]がそれを暗示している)、命を引き裂く老婆となって詩人に迫ってくる「醜く、むさぼり喰う、恐ろしい母」[4](胸をはだけた/いぼだらけの老婆たち)に変じている。

太母は、そもそも「命を与える原理」と「命を奪う原理」の二重の側面をもっているが、フーヘルの場合、醜い老婆のすがたをとって前者から後者へ意味がシフトすることによって、かつて「女中」、「ヴェンドの老婆」、「大地の母」という記号によって世界の統一が保証されていたブランデンブルクの故郷は、死の脅威に晒されたフーヘルにとって決定的に失われてしまった場所になる。「わたしの記憶である大地に足をうずめ」た老婆たちは、詩人の記憶を変質させる邪悪な存在となって立ちあらわれ、この老婆たちの恐ろしい変貌によって、幼年時代の幸福な記憶はかき消され、「記憶の宮殿」へと通ずる門は閉ざされる。自然と詩的自我の統一の喪失、故郷とのあらゆる関係性の喪失、この喪失感とそこから滲みでてくる孤独と死は、イタリアがその天空を明るく照らせば照らすほど、ますますその影を濃くしていくのである。この喪失感と孤独と死は、いずれ西ドイツに移住するようになってますます強く詩人を苛むことになる。

註

1 Vgl. Peter Huchel: GWI, Anmerkungen. S. 422　この詩には、「アルジェンタリオ、七一年九月」と添え書きされている。

2 Axel Vieregg: Peter Huchels Lyrik. In: Peter Huchel. Hrsg. v. Axel Vieregg, Suhrkamp Verlag, Frankfurt am Main 1986, S. 78

3 Hub Nijssen: Der heimliche König. Leben und Werk von Peter Huchel. S. 498

4 Axel Vieregg: Peter Huchels Lyrik. S. 83

15.「マクベス」Macbeth

魔女たちとおれは話をした、
どのような言葉でかは、
もうおぼえていない。

天の門は
こじあけられ、
魔物が解きはなたれ、
渦をまく風のなかに
荒野《あれの》のならず者。

海辺に
雪のきたない足の指、
ここでだれかが待っている

皮膚のない手をして。
おれは、自分の母親に
絞め殺してほしかった。

風の家畜小屋から
彼は出てくるだろう、
そこは老婆たちが
えさを切りきざむところ。

猜疑はおれの鉄かぶと、
おれはそれを掛ける
夜の梁に。

(GWI, S. 197)

この詩の初出は、一九七二年刊行の詩集『余命』である。これは、シェイクスピアの戯曲『マクベス』を題材にしている。第一幕第一場に三人の魔女が登場するが、この魔女たちは、第三幕で、戦場ではなばなしい武勲をたてて帰還するマクベスと同輩バンクォーを待ちうけ、マクベスにやがて王になることと、バンクォーの子孫が王になる予言をあたえる。この予言によってマクベスの運命は、狂いはじめる。彼は、主人ダンカン王を殺害し、親友のバンクォーも手にかける。詩の第一連は、この顚末を示唆し、かつて魔女たちがマクベスに魔法にかけることによって彼女たちの言葉を理解したマクベスが、もはや魔女たちの言葉を理解しようとせず、魔女たちの予言を脳裏から振りはらおうとするさまをあらわしている。しかし、マクベスは、その呪縛からのがれることができない。第二連で、魔物、すなわち主人ダンカンやバンクォーの霊が、風をつかさどる魔女たちが支配する荒野に解きはなたれるからである。このイメージは、フーヘルにとっておそらく初期の詩『少年の池』のなかのヴェンドの「魔女の棲む荒野《あれの》」とつながっていると思われる。

第二連は、アクセル・フィーアエク Axel Vieregg によれば、ヘルダーリンの詩『身近なもの』Das Nächste Beste の第二稿の冒頭の詩句を示唆している。[1]

天の窓が開かれ
天に襲いかかる夜の霊は、
野放しにされていて、それがわれらの国を
あまたな言葉で言いくるめ、……[2]

フィーアエクは、キリスト教との関係からこのヘルダーリンの遺稿では、「ギリシアの『崇高さ』を『永遠の父』と結びつけることが重要であるように思える」[3]と述べる一方で、フーヘルの場合は、ヘルダーリンの「天の窓」を「天の門」に変えることによって、天は、「空虚な暗い天」である「地獄」を意味すると指摘している。[4]これは、『マクベス』第二幕第三場の有名なポーターズ・シーンの「地獄の門番」という表現と関係する。

第三連と第四連は、フィーアエクの指摘するように『マクベス』第四幕第一場を指ししめしている。[5]ここで

「老婆たち」、すなわち魔女たちは、「えさを切りきざみ」、魔法の鍋でさまざまなものを煮て秘術を得ようとする。この第一場には、「あらゆる精霊と呪法の女神[6]」であり「冥界の女王[7]」でもあるヘカテーもあらわれるから、これが地獄とつながっていることがわかる。第三連の「おれは、自分の母親に絞め殺してほしかった」の文言は、第一場の魔女の台詞「売女《ばいた》がどぶに生み落し、締めて殺した赤子の指[8]」と対応している。マクベスは、主人ダンカンと同輩バンクォーを暗殺したあと、「天寿を全うして、安らかに死を迎える[9]」ために、さらにくわしく予言の内容を聞こうと、魔女たちの住む洞窟にやってくる。風は、すでに述べたように魔女がつかさどるものなので、「風の家畜小屋からでてくる」とは、マクベスが魔女たちに会って予言を聞いたことを意味している。そこでは魔女たちが生みだした「幻影」が、マクベスに予言を告げる。「恐れるなマクベス。女から生まれた男は決してお前に勝てん[10]」、「マクベスは決して負けぬ。バーナムの森がダンシネインの丘へ攻め寄せてくる迄は[11]」。マクベスは、「疑惑にゆらぎ恐怖にわなな[12]」き、予言にさまざまに翻弄されながら、しかし最終的にこの予言が真実であったことを悟る。猜疑心によってみずからの身を守るべき鉄かぶとは、もはや彼を守ってくれない。彼は、鉄かぶとを脱いで、夜のなかへ、死のなかへそれを収める。

フーヘルは、マクベスのなかになにを見たのだろうか。惑乱し、猜疑にとりつかれたマクベスの姿は、フーヘルと重なるだろうか。詩集『余命』に収められた詩を書いたのは、フーヘルが自宅に軟禁されていたときである。東ドイツ当局による監視と隔離のなかで彼の心は、千千に乱れたことだろう。いくどかの出国願いが却下されたうらに、東ドイツの悪意を感じとったことだろう。すべてを断念する生活のなかで、凍りついた諦念を心に押しこめたことだろう。マクベスは、夫人が自殺した知らせを受けてこう述懐する。

明日《あす》、また明日、また明日と、小刻みに一日一日が過ぎ去って行き、
定められた時の最後の一行にたどりつく。
きのうという日々はいつも馬鹿者どもに、
塵泥《ちりひじ》の死への道を照らして来ただけだ。
消えろ、消えろ、束の間のともし火！
人生はただ影法師の歩みだ。
哀れな役者が短い持ち時間を舞台の上で派手に動いて声張り上げて、
あとは誰ひとり知る者もない。
それは白痴が語る一場《いちじょう》の物語だ、
あふれ返る雄叫《おたけ》びと狂乱、
だが何の意味もありはせん。[13]

詩『マクベス』の収められた詩集のタイトルは、『余命』である。推測するに、フーヘルは、前述の一節からなにか感慨を得たのではないだろうか。余命として一日、また一日が過ぎ、いずれ死という「最後の一行」にたどりつく。「哀れな役者」のように人生という舞台で喜怒哀楽に翻弄され、舞台を退場すると、フーヘルという人間を知る者はもはやだれもいなくなる。フーヘルは、マクベスの運命にみずからを重ねあわせ、自身の人生を痛烈な自嘲をこめて「白痴が語る一場《いちじょう》の物語」と裁いたのだ。これは、まさに奈落の底の見えない実存的な諦念と言えるだろう。この諦念のなかに、この時期のフーヘルの寂寞とした心象風景が映しだされるのである。

註

1 Axel Vieregg: Peter Huchels Lyrik. In: Peter Huchel. Hrsg. v. Axel Vieregg, Suhrkamp Verlag, Frankfurt am Main 1986, S. 85

2 『ヘルダーリン全集2　詩II　一八〇〇—一八四三』河出書房新社、昭和四十五年、二八七頁

3 Axel Vieregg: Peter Huchels Lyrik. S. 85

4 Vgl. ebd.

5 ebd., S. 86

6 『ギリシア・ローマ神話辞典』高津春繁著　岩波書店、一九七七年、二二七頁

7 『ギリシアの神話　神々の時代』カール・ケレーニー著、中央公論社、昭和五十年、四九頁

8 シェイクスピア『マクベス』岩波文庫、二〇一四年、九一頁

9 同　九六頁

10 同　一二三頁

11 同　九五頁

12 同　一二三頁

13 同　一三〇—一三一頁

16. 「月のきらめく鍬のしたで」Unter der blanken Hacke des Monds

月のきらめく鍬のしたで
わたしは死ぬだろう、
稲妻のアルファベットを
学びとることなく。

夜の透かし模様のなかに
解読できない
神話の幼年時代。

知らずに
わたしは墜ちてゆき、
きつねたちの骨のそばへ投げすてられる。

(GWI, S. 211)

八年間にわたる軟禁生活ののち東ドイツからの出国を許されたフーヘルは、一九七二年新しい詩集『余命』Gezählte Tage を発表した。この詩集の詩の数々からは、長年にわたり軟禁状態におかれた詩人の苦悩の声が聞こえてくる。余命というタイトルは、意味深い。フーヘルは、自分の人生が残りすくないことを痛切に自覚しているかのようである。フーベルト・オール Hubert Ohl は、このタイトル名についてつぎのように言っている。「余命（数えられる日々）――数えられる時間。それは、結局『自分自身の時間』、人それぞれが所有する人生の時間、作家の場合はたしかに特別な創造性の時間でもある。『自分自身の』刻《とき》はしかしまた、われわれだれをも待っている刻でもある」[1]。それは、すなわち死の刻だとオールはつづけている。この余命にこめられた死の不吉な予感は、たしかに詩集全体を色濃くおおっている。また詩人カール・クローロウ Karl Krolow も、「詩集のタイトル余命は、晩年の最終的なものを暗示している。おそらく晩年の人生経験としての最終的な洞察を」[2]と述べて、このタイトルが含意する詩人の人生の終末を推測している。

　全部でわずか四〇語で成りたっているこの詩は、フーヘルの詩の形式の後年の特徴である形容詞と動詞の削除、比較する「wie」の省略、構文の細分化とリズムの切りきざみ等をすべて満たしている。[3]要するにそれは、説明的な要素、すなわち物語る性格の大胆な放棄を意味するが、そうすると「物語的なものの排除は、ときに意味の限界まで達する」[4]可能性がある。「意味の限界」――それは、フーヘル独自のコードによってはじめて解読される、言葉のあいまいさ（しかし、フーヘルにとっては必然である）への移行である。このあいまいさによって、すなわち暗号、記号、メタファーの多用によって、この詩もまた、わたしたちの理解を拒むかのようである。

　冒頭の月は、かつて世界の統一があった幼年時代を形成する重要な構成要素だった。月は、詩人の最初期の詩

『ニワトコ』Holunder で、「露にぬれ、キスにぬれながら／斜面にかかる月がぼくたちをあたためた」(GWI, S. 11) と謳われて以来、さまざまな作品に登場する、詩人にとってもっとも重要な自然形象のひとつである。

その一方「鍬」は、「『天と地』の豊饒な協力にもとづいた文化の象徴的な道具としての『鎌』にとって代わり」、雑草を除去する道具として意図される。詩『フベルトゥスヴェーク』Hubertusweg には、「国家は鍬／国民はアザミ」(GWI, S. 223) とあり、国家権力の象徴としての鍬が、雑草である国民をしいたげる関係がしめされている。そうすると、冒頭二行は、幸福な幼年時代を象徴する月が、人びとを搾取する酷薄な道具に変わってゆくなかで詩人が死ぬこと、すなわち、国家によって理不尽に抹殺されてゆく詩人自身の運命を告白していると考えられる。しかも、「稲妻のアルファベットを／学びとることなく」。

フーヘルは、「しばしば人間は自然の相貌をになう、自然は人間の表情をとる」(GWII, S. 248) と言っている。フーヘルにとって自然は、人間の現実の様相をつたえてくれる重要な符号である。インゲボルク・バッハマン Ingeborg Bachmann の詩『猶予された時』Die gestundete Zeit を思わせる、没落意識と終末状況を自然の不気味な形象に仮託してつたえる詩『徴《しるし》』Das Zeichen (GWI, S. 113f) のなかで、フーヘルは、「だれが書いたのか／ほとんど解読できない／警告の文字を」と書いている。自然の暗号化された形象は、そもそも警告の文字として解読されなければならない。しかし、自然の徴を学ばなかったために、彼は、自然の表情から警告を読み取ることができないのである (「稲妻のアルファベットを／学びとることなく」)。ようするに世界は、この時すでに詩人にとって不気味で、得体のしれない、まがまがしい表情をとっていると言ってよいだろう。[6] それは、べつの言い方をすれば、「フーヘルにとってかつて満たされていた生活空間だった自然そのものが、死の暗号になった」[7] ということである。

第二連一行目の「夜の透かし模様」についてヒュプ・ナイセン Hub Nijssen は、「最初の天文学者たちによって神々と英雄の名をあたえられた星と惑星は、夜の透かし模様を形成する」[8]として、三行目の神話とむすびつけている。たしかに、たとえば晩年の詩『ニワトコがあまたの月をひらき』Der Holunder öffnet die Monde（GWI, S. 229）の第一連には、「アルキメデスのプラネタリウム／天文学の記号／その発祥はバビロン」と書かれ、それにつづく第二連でギルガメシュ神話に登場するエンキドゥの物語が語られることによって、天文学と神話の関係が、人類の劫初にさかのぼることを暗示している。したがって、ナイセンが、夜の透かし模様と神話の関係を、「人間の劫初は、同時に神話の幼年時代だった」[9]と解釈しているのは、当を得ていると思われる。[10]

しかし、「解読できない神話の幼年時代」とはどういう意味なのだろうか。神話が大きな意味をもっていた古代のメソポタミアやエジプトの天文学者は、天体の運行から地球のさまざまな自然現象を計測し、予測していた。フーヘルもまた、かつて自然の表情から世界事象、彼の謂うところの「世界状況」を読みとるすべを学んできた。しかし、いまや世界は、詩人の理解のとどかない状況に変わってしまった。それはつまり、彼がかつて幼年時代に「記憶の宮殿」のなかに積みあげてきた自然と世界の調和、東ドイツの共産主義に期待した改革、雑誌『意味と形式』Sinn und Form によってつくりあげようとした世界水準をもった文学雑誌の夢が、ことごとく潰え去ることによって、そしてさらに八年間の理不尽な軟禁生活を強いられることによって、それまで自然をとおして理解していたと思っていた世界状況がもはや理解できないということである。この疎外された詩的自我は、自然のまえに立つとき、自然が発するであろう徴をもはや「解読できない」のである。バルバラ・ボンディ Barbara Bondy は、それを「彼は沈黙し、自然は彼のまえで沈黙する」[11]と表現している。[12]

この詩は、一九七二年雑誌『Merkur 二六号』Merkur 26 にはじめて発表された。しかし、そのすこしまえ一九七一年十二月二十二日付けの草稿では、第二連はこう書かれている。

わたしの言葉は十分ではない、
神話の幼年時代を
とらえるには。

(GWI, S. 428)

ルードルフ・ハルトゥング Rudolf Hartung は、詩『魔法を解かれて』Entzauberung (GWI, S. 246) に関連して、「世界のすばらしさは、消滅し、知ってはいるが消えてしまったものとしてしか現前しない」[13]と述べている。かつて自然の表情（神話の幼年時代）を読みとって蓄積された記憶の宮殿は、すでに詩人のまえから消えうせ[14]、詩人は、それを語る言葉をもはやもたない自分を諦念をもって認めなければならない。フーヘルは、このときはじめて言葉の無力、かつてみずからの心情をひびき豊かに謳いあげた言葉への絶望感を吐露したのかもしれない。ハルトゥングは、このフーヘルの心情を「奈落と呼んでよい歴史経過に直面したペシミズム」[15]と総括し、それを「沈黙、空虚、黙し」[16]と言いかえているが、たしかに一九六〇年代以降のフーヘルの詩は、まさに「沈黙への退却」[17]へと向かっている。前述の詩『ニワトコがあまたの月をひらき』の第一連には、詩人の人生を総括するかのように、「ニワトコがあまたの月をひらき／すべては沈黙へと移りゆく」と語られている。沈黙は、最終的に死にいたる重要な里程標である。

このような文学的かつ実存的な絶望をいだいたフーヘルの堕ちてゆく先には、きつねたちの骨がある。それは、「おお魂よ、おまえがどこへ墜ちてゆくのか／夜は知らない。なぜならそこには多くのものたちの／無言の不安以外なにもないからだ」と歎じた詩『冬の詩篇　ハンス・マイアーのために』Winterpsalm *Für Hans Mayer* (GWI, S. 154f) に対応している。堕ちてゆく先には、「多くのものたちの無言の不安」があると同時に、きつねたちの骨もある。「多くのものたちの無言の不安」は、フーヘルが共有する酷薄な歴史経緯に翻弄された人びとの声にならない不安、恐怖である。ナイセンは、きつねについて、「きつねは、あきらかに否定的な意味をもっている。それは、脅威と死をあらわしている」[18]と規定している。そうすると堕ちてゆく先には、人びとの不安と脅威と死が待っているということになる。自然の記号をもはや解読できず、解読すべき言葉をうしない、残っているのはまがまがしい死と文学の可能性を否定する沈黙、そして人間の実存的不安だけの世界――フーヘルの「余命」は、まさにこのような絶望的な淵に立たされた詩人の孤影を映しだしているのである。

註

1 Hubert Ohl: Peter Huchel: Das lyrische Werk im Spiegel seiner Titelgedichte. In: Peter Huchel. Hrsg. v. Axel Vieregg, Suhrkamp Verlag, Frankfurt am Main 1986, S. 149

2 Karl Krolow: »Gezählte Tage«. In: Über Peter Huchel. Hrsg. v. Hans Mayer, Suhrkamp Verlag, Frankfurt am Main 1973, S. 137

3 Vgl. Fritz J. Raddatz: Zur deutschen Literatur der Zeit I, Traditionen und Tendenzen, Materialien zur Literatur der DDR. Rowohlt Taschenbuch Veralg, Hamburg 1987, S. 504

4 ebd., S. 505

5 Ludwig Völker: ‚Himmel und Erde‘ Die Bedeutung der Vertikalen im lyrischen Weltbild Peter Huchels. In: Sprache im technischen Zeitalter. SH. Verlag, Köln 1999, S. 211

6 Vgl. Rino Sanders: Chausseen Chausseen. In: Über Peter Huchel, S. 34
リーノ・ザンダースは、この点にかんして、「かつて世界が風景の相貌をとっていたとしたら、いまは風景が世界の相貌をとる、世界は、謎めいて、不気味で、威嚇的であり、多義的で答えをあたえない」とフーヘルの風景の記号的な意味を解釈している。

7 Elsbeth Pulver: Das brüchige Gold der Toten Zum neuen Gedichtband von Peter Huchel: »Die neunte Stunde«. In: Peter Huchel. Hrsg. v. Axel Vieregg, Suhrkamp Verlag, Frankfurt am Main 1986, S. 185

8 Hub Nijssen: Der heimliche König. Leben und Werk von Peter Huchel. Verlag Königshausen & Neumann, Würzburg 1998, S. 541

9 ebd.

10 Vgl. ebd. ヒュプ・ナイセンは、「神話の幼年時代」について、異論を紹介している。「W・ヘルレス Wolfgang Herles は、言葉の順序を逆転している。彼の場合それは、幼年時代の神話である。フーヘルの幼年時代は、神話の時代だったというのである。いまやこの世界はうしなわれているゆえに、詩人は、ふたたびそれを要求する、というのである。テクストのこの変更は、容認しがたい。しかし、彼の結論は的を射ている。『自然の意味構造は、(人間に) 彼の生存の解かれない問いに対してもはや返答しない。自然のアルファベットが解読されれば、人間の実存問題も解決される。しかし、それとは逆に、技術文明の人間が、自然の徴《しるし》を認識することのできないことのなかに、人間のさまざまな問題の原因がある。(……) 生の重要な心の領域において、人間は、いわば文盲になったのである』」。「神話の幼年時代」die Kindheit der Mythen か「幼年時代の神話」die Mythen der Kindheit かの議論は、興味深いが、いずれにしても、結論的にナイセンも、ヘルレスの考えを承認しているという点において、第二連は、自然の徴をもはや理解できなくなった人間の根源的な欠陥を暗示していると考えられる。

11 Barbara Bondy: Tiefer ins Schweigen　Zu den neuen Gedichten Peter Huchels. In: Peter Huchel, S. 189

12 Vgl. コルネーリア・フライターク Cornelia Freytag は、この点についてさらに踏みこんで、「この自然が身を閉ざす行為は、ますます敵対的な特徴をおびる」(Weltsituation in der Lyrik Peter Huchels. Europäischer Verlag der Wissenschaften, Frankfurt am Main 1998, S. 202)、と述べて、後年の詩人と自然の関係を敵対する関係と解釈している。

13 Rudolf Hartung: Keiner weiß das Geheimnis. Zum jüngsten Gedichtband von Peter Huchel. In: Peter Huchel. Hrsg. v. Axel Vieregg, Suhrkamp Verlag, Frankfurt am Main 1986, S. 202

14 ナイセンは、それを、「フーヘルは、現実の徴を解釈した。しかし、彼は、人間の言葉が、不十分であるため、しばしばそれを十分に翻訳することができなかった」(Hub Nijssen: Leben im Abseits. In: Leben und Werk in Text und Bildern, Hrsg. v. Peterr Walthe, Insel Verlag Frankfurt am Main und Leipzig 1996, S. 281) と述べ、自然の徴を読みとることを翻訳行為になぞらえているが、この場合翻訳とは、自然が伝達する暗号文を、ひとが理解できる平文に変えることを意味する。

15 Rudolf Hartung: Keiner weiß das Geheimnis. Zum jüngsten Gedichtband von Peter Huchel. S. 201

16 ebd., S. 200

17 Hub Nijssen: Der heimliche König. Leben und Werk von Peter Huchel. S. 503

18 ebd., S. 542

17.『洗濯日』Waschtag

バケツが舗道に
ぶつかって音をたてる、わたしは
せっけん水をあける、
むだにすごした時間の
にごった水を。
わたしはひもを
木から木へと張る。

白いカーテンをつけた黒いSISが
探しながら通りをくだってきて
わたしの戸口で止まる。

麦の芒が、

夏に吹きはらわれず、
わたしののどにくっついて
チクチクと刺す。

(GWI, S. 218)

旧東ドイツの詩人ペーター・フーヘルは、東ドイツが建国された一九四九年から一九六二年まで、高名な文学雑誌『意味と形式』Sinn und Form の編集長を務めた。その間東ドイツの土地政策への失望とシュタージに代表される監視体制への不満を募らせながら、雑誌をめぐる編集方針で上層部と対立し、最終的に一九六二年退職に追い込まれた。当局との対立の原因は、東ドイツの文化担当者が、この高名な雑誌を共産主義イデオロギーの宣伝の場にしようともくろんだのに対し、フーヘルは、この雑誌を、東西の対立を越えて一流の文学者が寄稿する世界的水準をもった文学雑誌にしようと意図したことにあった。その使命は、「世界中の進歩的で人道主義的な文学を世に広める」[1]ことにあった。しかし、東ドイツの権力者たちは、西側世界の文学者が寄稿するこの雑誌の存在を煙たがり、一九五三年に一度フーヘルに解雇を告げたが、そのときはベルトルト・ブレヒト Bertolt Brecht のとりなしでかろうじて撤回された。[2] しかし、その後もさまざまな嫌がらせがくわえられ、ついに一九六二年十一月フーヘルは、辞職を強要され、解任された。

そして翌年の一九六三年四月から、詩人は、「労働者への裏切り者」(GWII, S. 380) としてベルリン Berlin のヴィルヘルムスホルスト Wilhelmshorst にある自宅に軟禁状態に置かれ、孤立のなかでシュタージの監視を受けることになった。彼は、手紙も雑誌も受け取ることができず、訪問客を迎えることもほとんどできなくなった。その間彼は、何度も出国申請をしたが、そのつど却下され、一九七一年四月にようやく国際ペンクラブの介入で西側に出国することができた。

フーヘルが、軟禁生活を送るきっかけとなった経緯はこうである。一九六三年四月フーヘルは、西ベルリンのフォンターネ賞を受賞した。東ドイツと敵対する西側の文学賞を受けることにしたのは、もちろん名誉を与えられたと感じたからだが、それと同時に一万マルクという賞金が家計の足しになると考えたからだった（雑誌『意味と形式』の編集長を解任され、詩集の出版も頓挫していたフーヘルは、経済的苦境に陥っていた）。東ドイツの権力者たちは、この賞が、「西側で彼（フーヘル）を東ドイツの体制の殉教者に仕立て上げた全キャンペーンの頂点になる」[3]と考え、フーヘルにさまざまな手を使ってこの賞を辞退するようはたらきかけた。フーヘルはしかし、このはたらきかけに応じなかった。四月二十三日の「ドイツ芸術アカデミー文芸・国語育成局」秘書官アルフレート・クレラ Alfred Kurella の辞退をうながす脅迫の手紙[4]に、フーヘルが応じなかったため、この日から軟禁生活がはじまった。すなわち、この日から彼は、手紙も新聞も雑誌も受け取れず、外国旅行も許されず、シュタージのスパイが、わずかな訪問者の車のナンバーを控えはじめた。

一九七二年に発表された『洗濯日』は、詩集『余命』Gezählte Tage のなかの詩『六三年四月』April 63（GWI, S. 217）と同じく、前掲の四月二十三日の手紙に対するフーヘルの返事だった。第二連の SIS は、旧ソ連製のリムジンで、この車の出現によって、政治的迫害がこの瞬間から具体的なかたちを取りはじめることになる。[5]この日、アルフレート・クレラがこの車に乗ってやってきて、賞を辞退させるために恐ろしい脅し文句を詩人に投げつけた。「自分は、間違った誇りから死ぬはめになった人間をもう何人も見てきた」と彼は叫んだ。激しい言い争いのあと、フーヘルが、「わたしは、あなたの教会には属さない、したがってあなたの聖務には服さない――どうかわたしの家から出て行ってください！」と言うと、クレラは立ち去るが、三〇分後にリムジンが戻ってきて、運転手が、先に挙げた脅迫の手紙をフーヘルに渡した。第二連の三行のなかに、これだけの政治的経緯が含まれている。それなりに平穏に過ごしてきたそれまでの生活のなかに、突如当局が介入してきたことを示唆することで、「洗濯日」としての日常に不気味な暗闇が侵入してくる。政治的な出来事から湧きでてくるこの闇は、日常と交錯することによって、ますますその不気味さを深めてゆく。

「むだに過ごした時間のにごった水」は、フーヘルが心血を注いで育んできた雑誌『意味と形式』の成果を、まさにその「意義とかたち」を否応なく簒奪されてしまったそれまでの政治プロセスに対する詩人のあきらめにも似た内省である。フーヘルは、この政治プロセスによって出来した四月二十三日の出来事が、「アザミを口にいれて／なおも歌おうとした」(GWI, S. 149) ポリュビオスと同じく、彼ののどに麦の芒をつまらせ、語ることを困難にしていることを告白する。彼の発するどの言葉も、これからは芒の痛みをともなう、それはすなわち、「詩を書くことは、彼にとってのどに芒を刺して語ること」[6]であることを意味している。彼のおかれた政治的立場に由来するこの文学的自覚は、自身の語る言葉の一つひとつが、これからは同時に政治的含意を孕んでいるという認識をしめしているのである。

註

1 Hub Nijssen: Der heimliche König. Leben und Werk von Peter Huchel. Verlag Königshausen & Neumann, Würzburg 1998, S. 237

2 Vgl. Hub Nijssen: Der heimliche König. Leben und Werk von Peter Huchel. S. 227-237

3 Hub Nijssen: Leben im Abseits. In: Peter Huchel. Leben und Werk in Texten und Bildern. Hrsg. v. Peter Walther im Auftrag des Brandenburgischen Literaturbüros. Insel Verlag, Frankfurt am Main 1996, S. 272

4 Peter Huchel: Gegen den Strom – Interview mit Hansjakob Stehle. (GWII, S. 378f.)
この手紙の後半、とくに脅しの文句と思われる個所を訳出する。「反対に、もしあなたがこのようにしてブラント（当時の西ベルリン市長で、のちの西ドイツ首相：筆者）州政府から距離をとらなければ、あなたが、わたしとの会話で反論、苦情、侮辱といったかたちで持ちだした多くの個人的な問題についてあなたと話し合うことはむずかしくなるでしょう」(GWI, S. 379)

5 Vgl. Peter Huchel: Gegen den Strom – Interview mit Hansjakob Stehle. (GWII, S. 377f.)

6 Hub Nijssen: Leben im Abseits. S. 273

18.『ニワトコはあまたの月をひらき』Der Holunder öffnet die Monde

ニワトコはあまたの月をひらき、
すべては沈黙へと移りゆく、
小川のなかの流れる光、
水のなかをたゆたう
アルキメデスのプラネタリウム、
天文学の記号、
その発祥はバビロン。

息子よ、
ちいさな息子エンキドゥよ、
おまえは立ち去った、おまえの母、ガゼル、
おまえの父、野生のロバのもとを、
娼婦とともにウルクに行くために。

ミルクをはこぶ山羊たちは逃げてしまった。
草原は干からびた。

七つの鉄の閂がはまる
市の城門の向こうで、
天と地の境界を往還する者、
ギルガメシュがおまえに教えた、
死の縄を断ち切るすべを。

昼がレンガの堡塁の上で暗く燃え、
王の貯蔵室では黄金が暗く横たわった。
引きかえせ、エンキドゥ。
ギルガメシュはおまえになにを贈ったのか。
ガゼルのうつくしい頭《こうべ》は沈んだ。
ほこりがおまえの骨を打ちくだいた。

(GWI, S. 229)

ペーター・フーヘルが一九七九年に刊行した最後の詩集『第九時』Die neunte Stunde は、聖書のマタイ伝第二七章四六節の「そして九時にイエスは大声で叫んでこう言った。エリ・エリ・ラマ・アサブタニ、すなわち神よ、神よ、なにゆえわれを見捨てたまいしか」(GWI, S. 439) と関係している。九時にキリストは、磔刑に処された。この詩集のタイトルは、一九七一年五月の東ドイツからの出国によって、幼年時代から親しんでいたブランデンブルク Brandenburg の故郷と大切な友人たちからの別離の悲しみと孤独を明けもらしているばかりでなく、まさに彼を近い将来襲うであろう死の予感をも暗示している。「刺すような塩が肉に滲みこむような死の不安」(GWI, S. 235) が、この詩集をつらぬいている。フーヘルは、このタイトルによってやがて来る死の心がまえをしようとしているかのようだ。それゆえこの詩集は、詩人の遺言と言ってもよいだろう。この遺言には、はたしてなにが書いてあるのか。

前掲の詩『ニワトコはあまたの月をひらき』は、一九七五年十二月二十四日の『フランクフルター・アルゲマイネ』紙 Frankfurter Allgemeine Zeitung に、『ニワトコ』Der Holunder というタイトルで初めて発表された。この詩は、詩集『第九時』の巻頭詩で、いわば自分の人生を総括しながら、彼を脅かすものを神話的形象によって描きだしていると考えられる。

冒頭の詩行の「月」は、複数形で書かれている。月は、フーヘルの詩においてたびたび登場する、「記憶の宮殿」に常住する、幸福な幼年時代を喚起する形象である。ニワトコと月の組み合わせは、出版されなかった最初の詩集『少年の池』Der Knabenteich のなかに、『ニワトコ』Der Holunder (一九三二年初出) というタイトルで収められた詩のなかに見いだされる。「ニワトコのほら穴の下で／ぼくたちは春のあいだ眠りつづけた」とはじまるこの詩は、「露にぬれ、キスにぬれながら／斜面にかかる月がぼくたちをあたためた」(GWI, S. 11) という最終行で終っている。ニワトコと月は、このようなかたちで詩人の詩作の出発点を形づくっている。人生の総括という観点から詩『ニワトコはあまたの月をひらき』を見れば、一九三二年に発表された詩『ニワトコ』

は、その後の詩人の詩的創作活動の原点と言ってよいだろう。ニワトコは、月を呼びだし、複数形で語られた月は、彼のそれまでたどってきた人生の紆余曲折を想起させる。ミルチャ・エリアーデ Mircea Eliade は、月が象徴する人生の事象について、「月の諸段階――〉月の誕生〈、〉死〈、〉復活〈――によって人間は、宇宙におけるそのみずからの存在様式を自覚すると同時に、生存や誕生に対する自身の見通しをも自覚した……円環、二元論、対極性、対立、抗争、しかしまた対立の宥和、対立するものの一致のイメージが、月の象徴性によってまったく普遍的に発見されたか、あるいはより明確に規定された」[1]と総括している。したがって冒頭の一行は、詩人が味わったさまざまな経験、対立と宥和が複雑に絡みあった経験をみずからの目のまえに開くと同時に、『ニワトコ』を出発点として始まった人生の「円環」が、月とともにここに閉じられることをもしめしていると言ってよいだろう。べつの言い方をすれば、ゲルト・ユーディング Gert Ueding の言うように、まさにここに「長い歴史が、このメタファーのなかで頂点に達している」[2]のである。

そしてそうした経験のすべてが、詩人に沈黙をうながすことは、たとえば『踏み罠にかかった夢』Traum im Tellereisen のなかの一節、「開封された／倒れた樅の木の遺言／書かれてあるのは／灰色の雨のように耐えて／消えることなく／樅の木の最後の遺言――／沈黙」(GWI, S. 155f) に象徴的にしめされているように、詩集『街道 街道』Chausseen Chausseen 以降の詩人の詩作をたどってみればあきらかである。

三行目から五行目の詩行は、川から引きあげる筌のなかに水鏡のように星が映る夢幻の光景を描いた『星の筌』Die Sternenreuse の一節、「あのころわたしは暗い宇宙のなかに／すぐまぢかに星の筌が浮かんでいるのを見た」(GWI, S. 84) を思い出させる。宇宙の視座のなかに措定された幼年時代は、詩人にとってまさにみずからの詩的人生の出発点を形成する「根源」(GWII, S. 370) だった。そこでは、少年のたましいと宇宙がたしかに交感しあっていた。この宇宙の視点が、「世界構造の言葉を読みとるものとしての科学」[3]である天文学を呼び起こし、さらに遠くバビロニア神話の世界を開く――冒頭一行目の月は、その満ち欠けがバビロニアの天文学の基礎を作ったことをも暗示している。第一連は、つづくエンキドゥの神話を語りだす契機となるばかりでなく、それまでの七〇年あまりの詩的経験を七行の詩行に凝縮しているのである。

第二連から最終連までの内容は、『ギルガメシュ叙事詩』Gilgamesch-Eposにもとづいている。フーヘル全集の注釈によれば、「ガゼルとともに草をはむ野人エンキドゥEnkiduは、神々の命令で神聖娼婦に誘惑され、故郷の密林を去り、ウルクUrukの町でギルガメシュ王に従者として仕える。そこで彼は、『埃の家』である死の夢を見て、彼は死ぬ。ギルガメシュは、彼を死の国から連れ戻そうとするが、果たせない」[4](GWI, S. 434)とある。この詩は、確かにギルガメシュ神話にもとづいているが、しかし呼びかけられているのは、三分の二が神、三分の一が人間という主人公ギルガメシュではなく、創造をつかさどる女神アルルAruruによって泥から造られたといわれる野人[5]Naturmenschで、死すべき人間となったエンキドゥである。「息子よ」という呼びかけは、『テオフラストスの庭』Der Garten des Theophrast(GWI, S. 155)でも用いられていることから、これは、のちの世代への教訓、遺言として語られていることがわかる。

第二連三行目と四行目に、エンキドゥを生みだした動物の名が挙げられているが、これは、『ギルガメシュ叙事詩』「第八の書板」に由来する。さきに「女神アルルによって泥で造られた」と述べたが、これは、「第一の書板」に書かれてあり、フーヘルが、この情報を選ばなかったのは、詩人の詩作において「戦後太母(ここでは女神アルル)は、その力の多くをうしなった」[6]とするヒュプ・ナイセンHub Nijssenの考えの妥当性にくわえて、「聖なる動物記号が、フーヘルによって、飼いならせない荒々しく優美な母＝動物形姿、すなわち美しい頭をもったガゼルの暗号に移し換えられている」[7]からである。すなわちこの第二連三行目のガゼルを、エンキドゥが、獣たちと平和に暮らしていた世界を象徴する最終連五行目のガゼルと密接に関連させるために、フーヘルは、太母を示唆する女神アルルの逸話を選ばなかったのである。

そのガゼルの頭はしずむ。それは、エンキドゥが、ギルガメシュと出会うまえの、草原で仲間の獣たちと草を食んでいた平穏な日々が、もはや取り返しえないものとして消え去ってしまったことを意味する。

エンキドゥは、フンババを滅ぼし、天の牛を撃退したあと夢を見る。彼は、「ほこりの家」へ連れて行かれる。そこは、「……暗黒の家……入る者はもはや出ることのできない家……住む者は光を奪われる家……そこでは埃が彼らの栄養、粘土が彼らの食物……そして彼らは光を見ることも許されない、なぜなら暗闇のうちに住むからである。門と閂のうえ、そこにほこりが横たわっている。ほこりの家のうえに死者の静けさがそそがれている」[8]。この埃の夢を見たあと、エンキドゥは、死の病いにとりつかれる。推測するに、フーヘルは、エンキドゥの運命を知り、「ほこりの家」のなかに死を見いだしたために、それを詩のテーマに取り上げたのではないだろうか。

フーヘルは、とくに晩年の詩集においてしばしば神話的形象を題材にもちいるが、それは、現実逃避によって神話的世界へ逃げこむためではなく、フーヘル自身の言葉で言えば、「古代的＝神話的なものを現代的な形式と内容に結びつける、すなわち素材を神話学的なままにしておかず、それを弁証法的に解明する」[9]（GWII, S. 331）ためだった。神話的な題材をつかって現実の真の様相を提示する、それは、抒情的自我のなかの「神話的なものと現代的なものの同時性」[10]にもとづいて「世界状況」を表現することを意味するが、これがまさに、フーヘルのめざした詩学だった。そのために詩人は、神話の素材をギルガメシュ神話の主人公ではなく、その従者ともいうべきエンキドゥにもとめたのだった。すなわち、神話学から取りだした人物を、「無常に抵抗し、死を生きのびるものとしてではなく、むしろ生きる者のもろさと空虚さに引きわたされている人間の生存の暗号として[11]」登場させるために、エンキドゥを選んだのだった。

このエンキドゥに対置されるギルガメシュは、たしかに「天と地の境界を往還する者」として、フーヘルにとってかつての幼年時代の幸福な時空間である世界の統一を象徴している。しかし第四連の冒頭二行に描かれたギルガメシュが君臨するウルクの城塞では、焼けつくような昼の太陽と、ギルガメシュの宝蔵の黄金が、ともに暗い影におおわれている。ヴォルフガング・ハイデンライヒ Wolfgang Heidenreich が指摘するように、「この太陽の黄金も、死を指ししめしている[12]」のである。そして「第八の書板」が、エンキドゥについて「おまえの眉は、瑠璃ででき、おまえの胸は、黄金でできている[13]」というとき、この二行もまた、死を宿命づけられたエンキドゥを暗示していると考えられる。

エンキドゥは、たしかに、神聖娼婦によって人間に変えられ、人間としての喜びを経験したが、それと同時に愛するギルガメシュとも別れなければならない死すべき運命を定められた。ギルガメシュが望みさえしなければ、エンキドゥは、草原で獣たちと平穏に暮らすことができたはずだ。フーヘルは、このエンキドゥの故郷のなかに、みずから見捨てた東ドイツを見いだしたのだろうか。

ウルクの城に行くことによって、結局彼は命を落としてしまう。フーヘルは、エンキドゥの行動にみずからの境遇を重ねあわせ、エンキドゥにおのれの身を仮託したのだろう。だから、「引きかえせ、エンキドゥ」と叫んだのだ。この「引きかえせ」には、二重の意味がある。それは、ギルガメシュの城塞と「ほこりの家」、このふたつからエンキドゥは、引きかえさなければならないことを意味している。しかし、そのどちらも彼には叶わない。エンキドゥと同じく、フーヘルには、もはやその故郷に帰る余地は残されておらず、新たな地で、すなわち自身にとってなじみのない異国である西ドイツ、もはやそこから引きかえすことのできない異郷の地で迫りくる死を待つ以外にはない。「ドイツからドイツへ行くことをのぞみながら、完全な孤立のなかに終わったひとりの男[14]」は、「ほこりの家」の悪夢を追い払うこともできず、まぢかに迫った死の定めからのがれる——引きかえすこともできない。かつての東ドイツの人生——絶望しながらも、故郷と友人たちに愛惜に満ちた思いをのこす——に心を囚われながらも、新たな世界で生きてゆかなければならない、しかし、その世界に希望はなく、確実なのは死だけである。そのアンビヴァレントな心の葛藤に、その後一〇年間フーヘルは苛まされることになるのである。

「ほこりの家」＝死という連関は、コルネーリア・フライターク Cornelia Freytag が、「ほこりは、衰退をあらわす、それは、すべてを荒涼たる灰色で覆いつくし、輪郭を消し、多様な生を無常と死にならすことを意味する[15]」と指摘するように、フーヘルにとってほこりは、つねに死を暗示する不吉な意味をもつため、きわめて切実な思い入れがそこには込められているだろう。この詩を詩集『第九時』の巻頭におくことで、詩人は、受け入れがたい喪失と死にそれでも耐えてゆかなければならない覚悟をつたえているのである。

註

1 Mircea Eliade: Das Heilige und das Profane. Insel Verlag, Frankfurt am Main 1984, S. 137f.

2 Gert Ueding: Aus dem Buch der Natur ins literarische Wort. *Peter Huchels gesammelte Werke in zwei Bänden*. In: Peter Huchel. Hrsg. v. Axel Vieregg, Suhrkamp Verlag, Frankfurt am Main 1986, S. 178

3 Wolfgang Heidenreich: Deutzeichen. Begegnungen und Leseerfahrungen mit Peter Huchel. In: Peter Huchel. Hrsg. v. Axel Vieregg, Suhrkamp Verlag, Frankfurt am Main 1986, S. 313

4 参照：『ギルガメシュ叙事詩』（ちくま学芸文庫）筑摩書房、一九九八年刊

これをもう少し詳しく言うと、ウルクの都城の暴君であるギルガメシュを恐れて、住民たちが、彼の悪行をやめさせるよう神々に訴えた。大地の女神アルルが、粘土から裸で、毛髪に蔽われ、野獣のようなエンキドゥという名の猛者を造り、彼を都城から少し離れた野で、動物たちと暮らさせた。ギルガメシュから送られた娼婦が、エンキドゥを誘惑し、彼の欲望を満たして人間らしくしてしまう。人間らしい心に目ざめた彼を見て、仲間だった野獣たちは彼を離れる。娼婦から食事や着衣の作法を教わっていまや知恵を得たエンキドゥを、娼婦が、言葉巧みにギルガメシュのところまでおびきだす。ギルガメシュとエンキドゥは、「国の広場」で大格闘を演じ、互いの力量を認め合って、以後固い友情をむすぶ。彼らは、森番フンババを倒し、杉の木を伐り払って、悪を国から追いはらう。その後ギルガメシュを誘惑しようとした女神イシュタルを彼が拒んだため、イシュタルは、天の牛を送って都城を滅ぼそうとしたが、ふたりが力を合わせて防いだ。しかしフンババと天の牛を殺したために、エンキドゥは、神々に死を宣告される。一二日間の病いののち、悲嘆にくれたギルガメシュに看取られて、エンキドゥは死ぬ。

5 Wolfgang Heidenreich: Deutzeichen. Begegnungen und Leseerfahrungen mit Peter Huchel. S. 313

6 Hub Nijssen: Der heimliche König. Leben und Werk von Peter Huchel. S. 498

7 Wolfgang Heidenreich: Deutzeichen. Begegnungen und Leseerfahrungen mit Peter Huchel. S. 314

8 Das Gilgamesch-Epos, neu übersetzt und kommentiert von Stefan M. Maul. Verlag C. H. Beck, München 2008, S. 106f.

9 フーヘルは、さらにつづけて神話の重要性についてこう言っている。「作家には二種類のグループがあり、一方のグループは、あらゆる文学は、神話をもとめ、人間は、歪められた現実の狭い網から解放されて、そうすることでようやく世界の本質と調和する、と言う。もう一方のグループは、しばしば嘲笑的な優越感をいだいて、死んだ神話学から取りだしたがらくた、ほこりにまみれた宗教のカタコンベから引っ張り出したがらくたは、逆行するもので、先史時代の言葉によって権力を補強するばかりで、現実を変えない、と言う」（GWII, S. 331）

10 Hubert Ohl: »...IM GROSSEN HOF MEINES GEDÄCHTNISSSES« Aspekte der *memoria* in Peter Huchels Gedichtband ›Gezählte Tage‹ . S. 284f.

11 Elsbeth Pulver: Das brüchige Gold der Toten, Zum neunen Gedichtband von Peter Huchel: »Die neunte Stunde«. In: Peter Huchel. Hrsg. v. Axel Vieregg. Suhrkamp Verlag, Frankfurt am Main 1986, S. 185

12 Wolfgang Heidenreich: Deutzeichen. Begegnungen und Leseerfahrungen mit Peter Huchel. S. 315

13 Das Gilgamesch-Epos, neu übersetzt und kommentiert von Stefan M. Maul. S. 112

14 Reiner Kunze und Mireille Gansel: Die Chausseen der Dichter, Ein Zwiegespräch über Peter Huchel und die Poesie. RADIUS-Verlag GmbH, Stuttgart 2004, S. 49

15 Cornelia Freytag: Weltsituation in der Lyrik Peter Huchels. Europäischer Verlag der Wissenschaften, Frankfurt am Main 1998, S. 209

19.『ローマ』Rom

完成された夏、
太陽の最外縁から
はやくも暗闇がはじまる。
荒れはてた月桂樹、
その背後にアザミと石でつくられた
隠れ家、
それは声を発することを
こばむ。

昼の光の
澄明さ、
なにも思いだささせない詩、
あかるい水が

口にふれる。

(GWI, S. 249)

Vollendeter Sommer,
am äußersten Rand der Sonne
beginnt schon die Finsternis.
Lorbeerverwilderungen,
dahinter aus Disteln und Steinen
ein Versteck,
das sich der Stimme
verweigert.

Transparenz
des Mittagslichtes,
Verse, die an nichts erinnern,
ein helles Wasser
berührt den Mund.

ペーター・フーヘルは、一九七一年四月出国許可を得て、八年間の軟禁状態から解放され、ミュンヒェンを経由してローマに行き、その地で後援者が仲介してくれたヴィラ・マッシモ Villa Massimo に翌年五月まで滞在した。

前掲の詩が収められた最後の詩集『第九時』Die neunte Stunde の詩の多くは、人生のほとんどをポツダム近郊で過ごしたフーヘルにとって、「わたしの記憶の大地」（GWI, S. 187）としての故郷と友人たちに別れを告げて、異国の地（イタリア、そしてのちには旧西ドイツ）に向かわなければならない事態が、軟禁生活から抜け出せたからといって、けっしてよろこばしいものではなかったことを苦渋の思いでつたえているが、それと同時に詩と詩作をめぐる実存的な内省をも吐露している。

詩『ローマ』は、ヒュプ・ナイセン Hub Nijssen によると一九七二年、ローマに滞在していたときに書かれたものらしい。[1] 初出は、一九七六年の手書きのファクシミリによる『悲しみにひとは住めない』Unbewohnbar Trauer という本で、それと同時に雑誌『年輪七六号／七七号』Jahresring 76/77 に発表された。

第一連冒頭にすえられた「完成された夏」は、一見きわめてポジティヴな含意をおびているかに見えるが、しかし「完成された夏」は、上昇の頂点であると同時に下降の起点であり、そこには、夏から秋への移行、すなわち「自然の緩やかな死滅」[2] への移行が内包されている。

じっさいこの不吉な暗示は、つづく二行で明確な表現をとって現実化する。クリストフ・ジーメンス Christof Siemens が指摘するように、夏の太陽の最外縁からすでにはじまった暗闇は、季節としての夏から秋への移行とともに、一日の時間帯の昼から夜、明るい昼から脅威的な夜への移行をもしめしている。[3] さらにジーメンスは、二行目と三行目の末尾、Sonne と Finsternis が、Sonnenfinsternis（日食）を連想させ、この現象が、十九世紀には、まじかに迫った世界の没落の徴《しるし》と解釈されたとも指摘している。[4] そうすると時間の不吉な推移は、自然現象の脅威と結びついて、詩人自身を取りまく世界の荒廃を意識させるものとなる。

この没落意識の通奏低音は、つづく第四行目の「荒れはてた月桂樹」のなかに強く顫動し、ここではじめてタイトルの「ローマ」との結びつきが連想される。[5] 月桂樹は、予言、詩、音楽の神であるアポロンの木だが、十四世紀に詩人ペトラルカが、ローマで初めて桂冠（月桂樹の冠をかぶった）詩人に選ばれ、以来この木は、文芸における名誉を意味するものとなった。[6] この木はしかし、フーヘルの詩では枯れて、いわば瀕死の状態にある。それは、すなわち、二千数百年の文化遺産を擁し、古代ローマ帝国で文化の頂点をきわめながら、いまは過去の遺産の保管庫となった廃墟として生きながらえているばかりのローマの姿を映しだしている。冒頭四行の絶頂と凋落の対比は、ローマという町をも暗示しているのである。タイトルの意味の射程は、ここまでおよんでいる。

この荒れはてた月桂樹の背後に、アザミと石でつくられた隠れ家がある。「コミュニケーションがはなはだしく阻害された乾燥と不毛の時代における言葉の問題をあらわす言い換えとして用いられる」[7] アザミは、石とともに、かつて言葉を守るための防御としての避難所だった。詩『アザミの根の下に』Unter der Wurzel der Distel では、このように謳われている。

アザミの根の下に
いま言葉が住まう、
身をそむけることなく、
石だらけの地中に。
言葉はいつも

火を防ぐ門だった。

(GWI, S. 156)

かつて幼年時代に、「もっとも不毛なものからも歌を誘いだす詩の象徴」[8]だった(「あらゆる毛穴で大地を感じながら／わたしはアザミと石が歌うのを聞いた」(『ある秋の夜』Eine Herbstnacht (GWI, S. 139)) アザミと石は、詩『ローマ』でも言葉の隠れ家となるが、しかし、それは、もはや言葉を発しようとしない、沈黙が支配する言葉の喪失の場所である。月桂樹とアザミと石でできた隠れ家は、フーヘルにとって詩それ自体であるが、時代の荒廃、世界の没落をまえにして、詩と文学は、不毛によっておおわれ、もはや成立しえない。ヒュプ・ナイセンは、夏、アザミ、石が、不毛と炎熱によって特徴づけられるひとつの気配を呼びさますと言っているが[9]、第一連に描かれた世界は、言葉の喪失によって沈黙へと向かわざるをえない詩人の絶望的な心情を、寡黙にしかし意味深くあらわしていると言えるだろう。

それに対し第二連は、第一連の暗闇からとつぜん明澄な世界へと入りこみ、第二連冒頭の「澄明さ」(Transparenz) は、第一連冒頭の「完成された夏」に対応している。しかし、この連には、もはや暗闇は侵入してこない。昼の光の澄明が支配するローマの世界はしかしながら、なにも思いだささない詩を喚起する。これはどういう意味なのだろうか。

フーヘルは、言葉によって記憶をよみがえらせ、定着させてきた詩人である。その詩人は、第一連で言葉の喪失を告白した。それは、言葉をうしなうことによって、記憶そのものをもうしなうことである。ナイセンは、この記憶の喪失について、「いまや彼は、政治的なことを思いださせない純粋に詩学的な詩を書こうとした」[10]と言い、ジーメンスは、「記憶をうしなった詩は、不自由によって刻印された不愉快な過去に、彼みずからが引いた終止符である」[11]と述べている。このふたりの言説に共通するものは、過去を思いださせない詩は、東ドイツで嘗めた過去の数々の辛酸をすべて忘れて、新しい世界であたらしい文学を創造する意思をしめしているということである。

フーヘルは、一九七二年のあるインタヴューで、「わたしの歳で国外移住するのは、つらいことだ。向こうのヴィルヘルムスホルストの近くには、わたしが幼年時代を過ごしたわたしの祖父の農場があった。わたしは、その風景を去り、ここではもはや見つけられないだろう多くの友人たちから去った」(GWII, S. 382)、と語っている。フーヘルは、たしかに物理的にも精神的にも深い喪失感のなかでこの詩を書いたと思われる。故郷とそこに結びついた友人たちへの痛切な愛惜の念が、フーヘルをとらえて離さないが、しかし、卑劣な孤立を強いた東ドイツには「二度と帰りたくないと思っている」(GWII, S. 382)。彼はしかしまた、ローマでも「わたしは孤独だった」(GWII, S. 385) と告白している。そうすると詩『ローマ』は、彼が、決然としてこの孤独を受けいれ、異郷の地での新しい出発をはじめるに際しての覚悟をしめしていると言えるのではないだろうか。第二連最終二行が、かろうじてそれを暗示しているように思われる。

しかし、この覚悟は、「あかるい水」の背後に、それが、言葉の喪失ゆえに言葉に餓えた苦渋に満ちた詩人の内面をも明かしている。「あかるい水が／口にふれる」――あかるい水は、くちびるを湿らせるが、喉の渇きは癒してくれない。だからそれは、屈託なく語りでる言葉ではなく、寡黙で苦渋に満ちたあいまいなものになるだろう。フーヘルは、晩年「ものを書く人間は、沈黙から言葉を引きだすことがいかにむずかしいか知っている」(GWII, S. 332)、と語っているが、沈黙から引きだされた言葉によって紡がれた詩は、わたしたちの理解から遠くへだたった沈黙の暗闇からかすかな合図を送ってくるだけである。ナイセンは、詩集『第九時』を展望して、フーヘルがくわだてた新たな詩学の特徴を、「はっきりと語ろうとせず、あいまいで、機密的なもの」[12]になると言っている。フーヘル自身はそれを、一九七二年詩『ローマ』を書いた同じ年に、「わたしは、それ（わたしが詩に書く世界）は、ふたたびメタファーでおおわれるだろうと思う。なぜなら、わたしは、そもそも現実の表現には興味がないからだ」（GWII, S. 386）、と言っている。フーヘルにとって、かつての過去の真実としての現実である、ポツダム近郊で長年にわたり育んできた美しい「記憶の宮殿[13]」は、すでにその存在意義をうしなってしまい、彼には、酷薄な西ドイツでの生きながらえるだけの生活しか待っていない。彼には、異郷の地であらたに創りだす詩を、すなわち、現実の記憶をうしなった世界とみずからの没落を、あいまいなメタファーを用いて秘密のヴェールにつつんで書くことしか残されていなかった。それは、彼にとって残されたわずかな時間のなかでゆるされた、たったひとつのみずからの詩的創造の証明だったのかもしれない。

註

1 Hub Nijssen: Der heimliche König. Leben und Werk von Peter Huchel. Verlag Königshausen & Neumann, Würzburg 1998, S. 527

2 Christof Siemens: Das Testament gestürzter Tannen, Das lyrische Werk Peter Huchels. Rombach Verlag, Freiburg im Breisgau 1996, S. 186

3 ebd.

4 ebd., S. 187

5 ただし、音韻上の類似でいえば、Rom の o という母音が、冒頭三行に五度使われていることが、ローマとのつながりをかすかにつたえている（下線部）。Vgl. Christof Siemens: Das Testament gestürzter Tannen, Das lyrische Werk Peter Huchels. S. 186　また子音 v は、Vollendeter, Verwilderungen, Versteck, Verse と詩のなかの重要な要として、内的な連関を連想させる。

6 マイケル・ファーバー『文学シンボル辞典』東洋書林、二〇〇五年刊、九二―九三頁

7 Axel Vieregg: Die Lyrik Peter Huchels, Zwischensprache und Privatmythologie. Erich Schmidt Verlag, Berlin 1976, S. 23

8 Christof Siemens: Das Testament gestürzter Tannen, Das lyrische Werk Peter Huchels. S. 190

9 Hub Nijssen: Der heimliche König. Leben und Werk von Peter Huchel. S. 526

10 ebd., S. 527

11 Christof Siemens: Das Testament gestürzter Tannen, Das lyrische Werk Peter Huchels. S. 194

12 Hub Nijssen: Der heimliche König. Leben und Werk von Peter Huchel. S. 526f.

13 フーヘルが座右の銘にしていたアウグスティヌスの『告白』の一節。その一節は、「……わたしの記憶の大きな宮殿に。そこでは天と地と海が現在している」というものである。Aurelius Augustinus：『告白』Confessiones 第一〇巻第八章を参照。

20.「楓の丘のふもとで」Am Ahornhügel

楓の丘のふもとで
天使が墜ちる
昼のアザミの火のなかへ。
言葉の脱穀場はからっぽ。

風景はおまえを
死者たちの目で
見つめる。
夕べは
沼地を
みたす
燃えさかるタールで。

(GWI, S. 313)

この詩は、一九六八年四月四日プラハの雑誌『Literární listy』に、ルドヴィーク・クンデラ Ludvík Kundera の訳でチェコ語で発表された。ドイツ語のオリジナルテクストは、一九七〇年／七一年の雑誌『Mundus Artium 4』に発表されたが、一九七二年刊行の詩集『余命』Gezählte Tage には収録されていない。軟禁生活から五年の歳月を経たときの作品である。

詩は、不吉な言葉とともにはじまる。楓は、詩『鮭のいる川の入り江の淵で　ジャン・アメリーのために』An der Lachswasserbucht *Für Jean Améry* で「ここがおまえの安らぐ場所だ／老人よ／楓の骸骨よ」(GWI, S. 180) と表現されているように、フーヘルにとってまがまがしい死を意味する。[1] この楓の丘のふもとで天使が、墜ちてゆく。ヒュプ・ナイセンは、フーヘルにはふたつの言葉があると言う。[2] ひとつは、大地と結びつき、時間的なもの（とりわけ政治的なもの）をあらわす。それは、石の言葉、アザミの言葉だと言う。もうひとつは、超地上的なもので、地上的なものを超えてゆく。これは、天使の言葉である。しかし、天使は、昼のアザミの火のなかへ墜ちてゆく。天使は、地上の世界、すなわち、政治の世界、詩人が陥っている軟禁状態という現実の世界に墜ちて死ぬ。それは、天使が、みずからの言葉をうしなうことを意味し、天使は、もはや人間の刹那的な不十分な言葉、現実の言葉を使うしかない。

しかし、第二連では、言葉ももはや存在しない。フーヘルには、天使の言葉はおろか、みずからの現状を言いあらわす人間の言葉さえのこっていない。なぜなら、「脱穀場」は、たしかに彼の詩にいくどか登場する幼年時代の幸福な風景の重要な構成要素であり、穀物の生産場、すなわち、言葉の豊饒な想像力を生みだす場所だが、しかし、その脱穀場には、もはや詩的想像力をかきたてる言葉がないからである。詩集『余命』のなかの詩『わたしの立ち去る日に』Am Tage meines Fortgehns では、「冷たい息が／言葉の脱穀場の上を吹きすぎる／昼のアザミは／納屋の干し草の光のなかに消えた」（GWI, S. 221）と謳われ、ここでも脱穀場とアザミが[3]、言葉のまわりをめぐりながら、否定的なイメージとして結びついている。そうすると、昼のアザミの火のなかへ墜ちてゆく天使と、燃えて無力になったかつての「火を防ぐ門だった」（GWI, S. 156）アザミは、不毛な言葉の脱穀場をとおして通底していることになる。第二連のたった一行の文は、フーヘルが、詩人として詩的創作をいとなんできたその基盤である言葉＝文学の喪失を痛切に告白しているのである。

この言葉をうしなった世界は、死者たちが徘徊する恐るべき光景を呈する。ポツダム近郊の自然のなかで暮らしてきたフーヘルは、「しばしば人間は、自然の表情をとり、自然は、人間の顔をする」（GWII, S. 248）と語ったように、かつてみずからの世界のなかで人間と自然の一体感を享受したが、いま自然は、死者たちの表情をして、見る者を戦慄させる。フーヘルの特徴的な詩法のひとつである擬人化によって、「風景」と「夕べ」は、死者たちの世界をますますまがまがしいものに変える。フーヘルが親しんだ幼年時代の風景、さらにさまざまな徴を汲みとってきた自然の風景は、ナイセンの指摘するように、いまや「地獄」の世界なのかもしれない[4]。たしかに、燃えさかるタールにおおわれた沼地は、地獄の池を連想させるだろう。

天使が墜ちていったこの地獄の世界で、フーヘルはもはや詩作をおこなう気力をうしなったのだろうか。言葉そのものをうしない、いまや地獄と化した風景に取りかこまれた詩人には、未来への希望をいだくことは不可能だろう。軟禁生活を強いられた歳月は、詩人をここまで絶望で満たしたのである。

註

1　Vgl. Axel Vieregg: Die Lyrik Peter Huchels Zeichensprache und Privatmythologie. Erich Schmidt Verlag, Berlin 1976, S. 12

2　Hub Nijssen: Der heimliche König. Leben und Werk von Peter Huchel. Verlag Königshausen & Neumann, Würzburg 1998, S. 522f.

3　Vgl. ebd., S. 520　ナイセンは、「アザミは、言葉をあらわす。アザミによって詩人は、みずからを苦しめる世界に対抗することができる」と述べ、アザミ＝文学のなかに酷薄な世界に対する防御としての役割を見ている。また、詩『アルカイオス』Alkaios では、「いまなお昼は／そのアザミをもって／冷たい夜の襲撃から／身を守る」（GWI, S. 214）と謳われている。

4　ebd., S. 525

第3章　訳詩抄

I.『詩集』Gedichte

「生い立ち」Herkunft

ぼくが影の風をまとってやってきたことを
あの家は知っているだろうか。
梨の実はやわらかく戸棚のなかで
古い夏の香をはなつ。
殻竿がうなりをあげて脱穀すると、
穀粒がひとかたまりになって飛んでゆく。
枕辺の油の火が消えると、
シーツが広がっている。

ぼくが松脂だらけの髪をして
松の木によじ登ったとき、

軒下と納戸にはまだ
つばめの来た年の名残がやかましく響いていた。
夜の鐘の音が家のまわりを吹きすぎる。
そうして冷たい門から
ぼくがとうに失くした
友人たちが静かに出てゆく。

そして鋳掛け屋もまた、
火のそばに坐っていた、
槌を打ち、ぼくがとうに忘れた
台所の煙をあびて、
ぼくのまえで彼は背をまるめ老いてジプシーのように
うずくまっている、
彼は夜カラスの森からやってきて、
かまどとテーブルをさがした。

女中は夕べの祈りを捧げて
パンを切りとるまえに、

パンに十字の切れ目を入れ、
信心をこめた。
空が緑色に明けると、
女中はいそいで畑へ行くだろうか、
いまも役に立っているだろか、あの白髪の女中は。
彼女はどこにいるのだろうか。

それからあれこれ物思いにふけった作男、
日が明けるか明けぬうちに、
蜘蛛がどんな巣をかけたか調べた、
巣のなかで蜘蛛はせわしなく走り、
糸をしっかりと張った、
嵐が近づき、
雨が枝にいつまでも残ると、
蜘蛛のうごきは鈍くなった。

みんないまでも家に暮らしている。
友人たち、だれが亡くなったのだろう。

ぼくはいまでもきみたちのジョッキを飲みほし、
きみたちのパンを食べる。
そして凍てつく寒さと暗闇のなかを
きみたちはいっしょにしのぎながら歩む。
石の上に雪が降りつもると、
きみたちの足音が聞こえる。

(GWI, S. 49f)

「ヴェンドの荒野《あれの》」Wendische Heide

ヴェンドの荒野よ、白い火よ、
黄金の桶であり白昼の亡霊であるおまえ、
こおろぎがさっと動いて、かぼそく鳴いた
影ささぬ石の傍らで。

おまえの民をまもる太古の牧人よ、
おまえはほこりをあびて羊の群れを追った、
群れが音もなく通りすぎると、硬砂岩が
荒れた茎だらけの畑で熱く耕されず燃えあがった。

緑の苔でおおわれた沼地とハンノキの枝、
小川、最後の水飼い場に来た、
そうして遠くまで黄色いエニシダの灼熱、
そこに黒いトガンマストが棘をつけて吊るされていた。

まわりを犬が走りまわり、牡羊たちにまもられて、
羊の群れが草を食みながら進んでゆくのをわたしは見た、
まがった角をもち、興奮してふるえるのを、
子羊たちが疲れて路傍にひざまずくのを見た。

大きな光をまとう離散した民よ、
亡霊のように歌は鳴り響かなかったか。
牡羊のかすかな鈴の音につつまれて、
ひとり牧人はあそこの斜面にたたずんでいた。　(GWI, S. 50f)

「女中」Die Magd

黒い雄鶏たちが大声で鳴き、
村から煙と殻竿の打ち棒の音がながれてくると、
森はノロジカ色にざわめいて鐘の音に溶け、
女中がぼくを呼び、夕べの祈りの声がひびく。

女中は森でたきぎを折り、
背負い籠に松かさをつめた。
女中はぼくを背負い、裾をみじかくからげ、
はだしで切り株のなかをよろめき歩く。

畑のなかを音をたてて晩に荷車がとおる。
夜は瀝青色に車の轍を黒くそめる。
ぼくたちといっしょに歩く毛むくじゃらの牝山羊は、
ヒカゲノカズラのなかを張り切った乳房をひきずってゆく。

女中が道々ハシバミの葉をちぎってすりつぶすと、
緑色の香りがぼくの髪にのこる。
スゲが灰色のうなりをあげる、ヨモギと甌穴《おうけつ》。
村では鶏の群れが疲れてやすらう。

はやくも女中は暗い門扉の取っ手をまわす。
ぼくたちは手さぐりで小部屋にはいる、
部屋のなかで女中は、一息つくまえに、
ぼくのためにパンをちぎり、りんごをすりおろす。

寒いから、ぼくをショールにくるんでよ。
そうやってぼくは暖かくミルクのにおいのなかで眠る。
女中は母親以上の存在だ。
彼女はタイル張りの炉の穴でぼくに粥をこさえてくれる。

彼女がぼくの髪をくしけずり、粥を濾し、
熱いまま湯たんぽをぼくのベッドに押しこむと、
ぼくの心臓は高鳴り、満月のなかで

心はすっかり女中で占められる。

女中はぼくの肌着をあたため、ぼくの顔にキスをし、
石油ランプの光りのなかで白く編物をする。
彼女の編み針はカシャカシャ音をたて、ぴかりと光り、
彼女は小さな声で占いを口ずさむ。

藁のなかで黒い雄鶏たちが鳴く。
食事のまどいで塩とパンが消えてゆく。
ランプの芯の煙が消え、時計は昔ながらに時をうつ。
そうして眠りのなかで森はノロジカ色にざわめく。

(GWI, S. 52-54)

「鬼蜘蛛」Kreuzspinne

まだ蜘蛛は壁際で
光のためにかぼそい鎖を織っている。
藪はヴェールにつつまれて砂地にたたずみ、
生け垣には褐色のイラクサ。

蜘蛛は糸の向きをかえるとき、
きつく光の縄をなう。
秋が枯れた枝に身をかがめ、
たそがれると、蜘蛛はしごとを終える。

夢を織りこんだ巣はまだ沈黙をまもっている、
たとえ四囲の壁が暗くなっても。
蜘蛛がその十字を光にさらすと
すべての糸が火花をちらす。

蜘蛛がしだいに回り疲れて
ますます寒くなる部屋にはいってゆき、
その細い縄がちぎれるとようやく、
縄は葉のない樹々のあいだを吹きながれる。

(GWI, S. 84f)

「ハーフェル川の夜」Havelnacht

古びた水門の向こうで、
ひびくのは魚のはねる音ばかり、
星たちは筌のなかにもぐりこみ、
藻のたそがれた草は息づく。

柔らかなものが水のなかに生きている、
月の光をあびて緑色に、黄ばむことなく、
夜になると薮がますます青白くささやき、
葦がさざめき、一羽の鳥がさえずる。

水の精は、夜がとどろきやってきても
まだ川のなかにもぐりつづけ、
水門の葦のなかに棲む、
漁師がそこで火をけぶらせる、その水の精に近く、

あまたの年月をへた香りが
ひそやかにこの水のなかに沈んでゆく。
わたしたちがひっそりと川を下ってゆくと、
夜の酔いがわたしたちのなかを吹きすぎる。

緑色になった星たちがしたたりながら
櫂の下をただよってゆく。
そうして風がわたしたちのいのちをゆする、
柳や葦をゆするように。

(GWI, S. 88f)

「ドイツ」Deutschland

I

いちばん遅く生まれた息子たちよ、自慢するな。
孤独な息子たちよ、灯りを守れ。
おまえたちのことがいつの時代でもこう語られるように、
ぴかぴか光る鎖ががらがら鳴らないように、
静かに鍛えなおせ、息子たちよ、精神を。

一九三三

II

狼たちの世界、ねずみたちの世界。
冷たいかまどの血と腐肉。
だがまだ死んだ神々の
影が大地をかすめる。

人間は神々しく、宥和しつづける。
そしてその気息はふたたび自由にそよぐだろう。
たとえわめきさわぐ徒党があざわらっても、
彼らは消えうせるだろう。

一九三九

III

孤独な森、孤独な監視人よ、
おまえは枝をたわめて小屋をつくった、
ふたたびカケスが騒がしく
間伐地のうえを飛ぶまで待ちながら、
おまえはいまもなお藪のなかにじっと隠れているのか、
うっとりと見つめながら、さまざまな声につつまれて。
蜘蛛が暗いほのめきを編む、
おまえの小屋がさみしく立つところで。

葉の茂った明るい光よ、おまえがまだ
心のかよいあった群れを守っていたとき、
多くの民がおまえの泉から水を汲まなかったか、
その泉がまだほの暗い金色に輝いていたとき。
葦のなかに沈んだにごった川、
鬼火が沼地のうえをゆらめく。
妄想に酔った夜のケープよ、
殺人者が暗く門で待ちうける。

ねじまがりまばらになった、荒れはてた森、
霧のほら穴、雨が流れる。
それは死んだ母親たちの涙なのか。
殴り殺された男が夜風のなかで嘆くのか。
ときに物怖じた地面から花が咲く、
重苦しい岩のなかのかがやく石目が。
なぐさめる口でつぶやく森よ、
だが暗闇がおまえをとりこにする。

一九三九

IV

喧噪のなかに夢がまだ巣くっている。
罪が大きく家のなかに居つづけた。
だれがジョッキの残りを、
にがい飲み残しを飲み干すのか。

影はかまどのかたわらにすわり、
灰に暖められる。
扉が血をはねかけられてパタンと開く。
敷居は悲しみにやつれている。

いまなおおまえたちは裏切りをあてにし、
薄明のなかに身をつつむ。
だれが種蒔きのための種をくれるのか。
大熊手が石に当たってカシャカシャ鳴る。

一九四七

(GWI, S. 98f)

「帰郷」Heimkehr

欠けてゆく三日月に照らされて
わたしは故郷へ帰り、村を見た、
荒れはてた家々とねずみたちを。

灰に身をかがめると、わたしの心は燃えたった。

わたしはこわれた壁の影のように
瓦礫のなかに住まい、死んだものをいたむべきなのか。
わたしは夏が垣根に忘れていった
黒いさやをむき、
氷雨が食いやぶった
ひびわれてうす黄色いカラスムギを刈りとるべきなのか。
くさりかけた畑のくさりかけた茎――
だれも収穫を取りこまなかった。
イラクサがはびこり、ドクニンジンとハマアカザ、エロフィラが石にからみつく。
いたるところで昔の恐怖が
壊れた戸口からいまなおわたしをじっと見つめる。
わたしはさびた大鎌を研ぎ、
牛馬をつけずに鋤きかえし馬鍬でたがやすべきなのか。

しかし朝方、
冷たく夜が明け、
霜がまだ
光の泉を氷でおおっていたとき、
ひとりの女がヴェンドの森から出てきた。
家畜を、藪のなかで
道にまよったやせこけた家畜を捜しながら
女はひびわれた小道を歩いていった。
あの女はもうツバメと種蒔きを見ただろうか。
女は鋤のさびを槌でたたいて落とした。

あれは太初の母、

いにしえの空のもと
あまたの民の母だった。
女は霧と風のなかを歩いていった。
石ころだらけの畑を鋤でたがやしながら、
女は黒いぶちの
三日月の角をもった牛を追いたてた。

(GWI, S. 109f)

II.『街道　街道』Chausseen Chausseen

「トラキア」Thrakien

ひとつの炎が
夜この地面でゆらゆらと燃えあがり、
白い葉が渦をまく。
そして昼
光の大鎌が砕け散る。
ざくざくと鳴る砂の音が
心臓を切り刻む。

石を持ちあげるな、
静けさの倉庫を。
その下では

ムカデが
時をむさぼり眠る。

馬のひづめが刻み目をつけた
峠道の上を
雪のたてがみが吹きすぎる。
あまたの火の
煙のない影で
夕刻峡谷はつつまれる。

ひとつのナイフが
霧の皮を、
山々の牡羊の皮をはぐ。
川の向こう岸に
死者たちは暮らす。
言葉は
渡し舟だ。

(GWI, S. 116)

「ヴェローナ」Verona

わたしたちのあいだを忘却の雨が落ちていった。
噴水のなかで硬貨がしだいに闇に消えてゆく。
壁の上に猫、
猫はその頭《こうべ》を沈黙へとめぐらせ、
もはやわたしたちを見分けない。
愛の弱い光が
そのひとみに沈みこむ。

塔の歯車が甲高い音をたて、
遅れて刻を打つ。
大地はわたしたちに
死をこえた時をめぐまない。
夜の織物に縫いこまれ、
あまたの声が沈んでゆく
ひと知れず。

二羽の鳩が窓台から飛びたつ。
橋は誓いをまもる。
この石は、
エチュ川の水のなかで、
その静けさを保ちながら雄々しく生きる。
そうしてものごとの真ん中には
かなしみ。

(GWI, S. 117)

「錘《つむ》」 Die Spindel

切通しを
楓のつばさがおどろかす。
そして上の斜面に
巨大な錘、
一本の竿のまわりに積みあげられた
農民の干し草。

だれが
舞いあがる靄のなかで
夜のショールに身をくるむのか。
だれが錘を
ざわめく草地でまわすのか。

藁葺き屋根が
そのくさびを虚空に突きだす。

わたしには見える、
老婆が、
台所の火のそばで糸をつむぐのが、
あたまに糠をふりかけて
ひがな一日中
家畜小屋と納屋のなかで。

額のうしろで
錘がうなりをあげ
墜ちてゆく歳月の糸を巻く。
塩が死者の花輪の葉のなかに流れこむ、
そして年貢と養育費を
雨が消す。

かまどで靴の片方があたたまる。
靴は滴がたれ、 軽便鉄道の枕木と、
雪でおおわれた里程標を数える。

松のけぶる炎が高く吹きあがる。
そして外は夜、
風の荒々しい礼拝式、
墓の頭上で枝を折りながら。

斜面の錘よ、
おまえの糸は冷たくたなびく。
だがわたしはくすぶる熾火を、
死者たちの言葉を
峡谷の楓の暗闇をくぐりぬけて運んでゆく。

(GWI, S. 136f)

「あのころ」Damals

あのころ夕暮れになっても風は
たくましい肩をゆらしながら家のまわりを吹きすぎた。
菩提樹の葉は子供と対話し、
草はそのたましいを放射した。
星々は夏を見張った
わたしの住んでいた丘のふもとで。
猫の目のような夜と
敷居の下で鳴いていたこおろぎはわたしのものだった。
エニシダのなかの聖なる蛇は
ミルク色の月のこめかみとともにわたしのものだった。
中庭の門でときに暗闇がうなり、
犬がほえ、わたしは長いこと
嵐のなかの声に耳をそばだて、そしてもたれた、
無言でうずくまるゴボウの毬のマリーのひざに、
彼女は台所で毛糸を巻いて玉にしていた。

そして彼女の眠たげな灰色の目がわたしにそそがれると、
家の壁をねむりが吹きぬけた。

(GWI, S. 137)

「ある秋の夜」Eine Herbstnacht

あのとき沈んでいった日よ、おまえはどこにいるのか。
九月の丘、そこにわたしは寝ころんだ
木の葉を裏がえす突風のなかで、
しかし樹々の静けさにすっぽりとつつまれて――
鶴はまだ様子をうかがう子供に
秋の夜が敬意をはらうしるしだった。
おお、はるかな刻よ、わたしはおまえを褒めたたえよう。
長い首をのばして大きな鳥たちがあの上空を飛んでいった。
鳥たちはかん高く鳴き、わたしはひとつの言葉を叫んだ。
鳥たちはいくつもの湖を渡っていった。
水と霧のなかをおまえの髪が吹きながれた、
沼と川、峡谷と星、
すべてを生みだした太初の闇が。
わたしはおまえが揺れうごくのを見た、
はるか彼方の篩のなかを

流星の鉄のほこりのなかを。
あらゆる毛穴で大地を感じながら、
わたしはアザミと石が歌うのを聞いた。
丘は漂っていた。そしてときに火矢が
天空を射落とした。
火矢は夜にあたった。夜はしかし
すばやい暗闇で傷をふさぎ
風になびくポプラの頭上で無傷のままだった。
湧き水と火が谷底をとどろき流れた。

(GWI, S. 138f)

「教区の崩壊についての牧師の報告」 Berichte des Pfarrers vom Untergang seiner Gemeinde

キリストが燃えながら十字架からくずおれたとき——おお、恐るべき惨劇！
火の嵐のなかを飛びかう天使たちの
青銅のトランペットが叫んだ。
レンガが赤い葉のように舞い散った。
そして咆哮しながらゆれる塔のなかで
角石を放りながら外壁が裂けた、
まるで地球の鉄心が爆発するかのように。
おお、火につつまれた町よ！
おお、叫びに封じこめられた明るい昼よ——
きらめく干し草のように女たちの髪が舞い上がった。
そうして逃げまどうひとびとが低空飛行で撃たれると、
大地が素はだかで血まみれに横たわった、主の身体が。

それは地獄の崩壊ではなかった。
骨と頭蓋骨はさながらほこりをも熔かした

激しい怒りにかられて石で割られたかのよう
そしておびえた光とひとつになって
キリストの木の頭《こうべ》が砕けた。
飛行編隊がうなりをあげながら旋回した。
それは赤い空をつっきって飛び去った、
まるで昼の血管を切り裂くように。
わたしはくすぶり、燃えひろがり、焼けるのを見た――
そして墓さえも掘りかえされた。
ここには法はなかった。わたしの一日は、
神に気づくにはみじかすぎた。

ここには法はなかった。なぜならふたたび夜が
冷たい空から灼熱した噴石を投げおとしたからだ。
そうして風とけむり。そうして村々は炭焼き窯のようにあおられた。
そうして狭い杣道にたたずむ村人と家畜。
そうして朝方、恐怖にとらわれてわたしが葬った
チフス小屋の死者たち――
ここには法はなかった。苦しみは

灰の文字で書いた、だれが生きのびられるのか、と。
なぜなら時が迫っていたからだ。

おお、荒廃した町よ、あれは何時だったのか、
子供たちと男の老人たちが
ほこりだらけの足でわたしの祈りを通っていった。
わたしには穴だらけの道を彼らが行くのが見えた。
そうして彼らが重荷のためにふらつき、
凍りついた涙をながしてくずおれたとき、
長い冬の街道の霧のなかに
キレネのシモンはついに来なかった。

(GWI, S. 142f)

「ポプラ」Die Pappeln

さびた大鎌をもった時代よ、
晩くなってようやくおまえは消えていった、
切り通しをのぼり、
あの二本のポプラをかすめ過ぎて。
ポプラは浸っていた
空の薄い水のなかに。
白い石がひとつおぼれた。
あれは月だったのか、荒れ地の目だったのか？

墓場のやぶに寄りそう夜明け。
夜明けは、
草と霧であらく織られたその布で
鉄かぶとと骨をつつんだ。
氷の殻におおわれた最初の黎明《ひきあけ》は、
きらめくかけらを葦のなかに投げこんだ。

押し黙ったまま漁師は
小舟を川に押しだした。　水の
凍える声が嘆いた、
死者を取りまく死がいかだとなって流れくだった。

だがだれがそれを葬ったのか、　凍てついた粘土のなかで、
灰と泥のなかへ、
苦難の古い足跡を。
戦争による皆伐のなかから耕地はかがやき、
茎の湧きあがる力が押しよせる。
そうして鍬が向きを変え、
切り株の倒れる
斜面にあの二本のポプラが立っている。
それは光のなかへ聳え立つ
大地の触角となって。

故郷はうつくしい、
池の緑の真鍮の水盤の

上を鶴が鳴いてわたり
十月の蒼穹に
黄金が積みあげられるとき。
穀物とミルクが貯蔵室で眠るとき、
夜の鉄床から
火花が飛び散る。
宇宙のすすけた鍛冶場は
その火をおこしはじめる。
鍛冶場は
朝焼けの灼熱する鉄を鍛える。
そして灰が落ちる
蝙蝠の影の上に。

(GWI, S. 145f)

「幾世代の聞こえぬ耳に」An taube Ohren der Geschlechter

それは百もの泉のある国だった。
二週間分の水をもってゆけ。
道に人気なく、木は燃えつきる。
荒れ地は呼吸を吸いつくす。
声は砂となり
高く渦まき、消えてゆく一本の支柱で
天をささえる。

数マイル行っても一条の死の川だけ。
白昼は葦のしげみをさまよい
黒いろうそくから羊毛を引きちぎる。
そして緑青の皮膚は閉じる
水たまりを、
その泥のなかの腐った銅版画を。

ランプを思いだせ
若いアフリカヌスの金を織りこんだテントのなかの。
彼はランプの油をもはや燃やさせなかった、
なぜなら火は十分燃えくるっていたからだ、
一七の夜を明るく照らすほどに。

*

ポリュビオスは、報告する
スキピオが町の煙にまぎれて隠した涙を。
そののち鋤が
灰と足と瓦礫のなかを切り裂いた。
そしてそれを書きしるした男は、
幾世代の聞こえぬ耳に嘆きをつたえた。

(GWI, S. 152f)

「踏み罠にかかった夢」Traum im Tellereisen

捕えられしおまえ、夢よ。
おまえのくるぶしは燃え、
踏み罠のなかで砕け散る。

風がまくりあげる
一片の樹皮を。
開封された
倒れた樅の木の遺言、
書かれてあるのは
灰色の雨のように耐えて
消えることなく
樅の木の最後の遺言――
沈黙。

雹は刻みこむ

すべらかな黒い水たまりに
墓碑銘を。

(GWI, S. 155f)

Ⅲ．『余命』Gezählte Tage

「返答」Antwort

ふたつの夜のあいだの
つかの間の昼。
農場が残っている。
そして狩人が藪のなかで
わたしたちに仕掛ける罠。

昼の荒地
それはまだ石をあたためる。
風にまぎれた虫の声、
ギターのうなりが
坂道をくだる。

枯れた葉の
火縄が
壁際でくすぶる。
塩のように白い空気。
秋の鏃、
鶴の渡り。

明るい木の枝のなかに
時を告げる打鐘が消えてゆく。
蜘蛛が
歯車の上に
死んだ花嫁たちのヴェールをかぶせる。

(GWI, S. 175f)

「鮭のいる川の入り江の淵で　ジャン・アメリーのために」An der Lachswasserbucht　*Für Jean Améry*

ここがおまえの安らぐ場所だ、
老人よ、
楓の骸骨よ。

まだ太陽は
おまえの手をあたためる、まだおまえは感じる
天のひれの動きを
鮭のいる川の入り江の
水っぽい霧のなかに。

静寂が
岩壁の影に入りこみ
じっと隠れていた。
櫂のひとかきも、ボートのきしむ音もない
薄明の粉のように細かい光のなかで。

そうして釣竿を肩にかついで
やってきて、
灰色の砂利の川床を歩いて
渓谷をさかのぼるひとはいない。
森が
貂の目で
おまえを見つめる。

(GWI, S. 180)

「雨のヴェニス」Venedig im Regen

まだ霧のなかで
獅子の黄金はかがやき、
石の木の葉模様が滴をたらす。
海で生まれた名前の数々、
だれがそれを塩辛い光に書きこんだのか。
だれも言わない
杭の
大きな忍耐を。

微細な孔を
水に穿つ
雨のなかでフェリーを
待ちながら、
わたしは眺めやる
ジュデッカ島の

さびた船を。

海図は沈黙する。
石のうなじに触れ
貝は
沈黙する。

(GWI, S. 181f)

「カワガラス」Die Wasseramsel

わたしは落ちてゆけるだろうか
もっとあかるく下方へ
流れていく暗闇のなかへ

ひとつの言葉を捕えるために、
ハンノキの枝のあいだを飛ぶ
このカワガラス
そのえさを
石の川底から取ってくるカワガラスのように。

金の洗鉱夫よ、漁師よ、
おまえたちの道具をどけろ。
この臆病な鳥が

その仕事を音もなく果たそうとするから。

(GWI, S. 186f)

「八道の隅」* Achtwegewinkel

八道の隅、
やわらかな骨をもったツグミが
砂に横たわる、
爪を虚空に伸ばしながら。
灰色の霧から
雪がしたたる
池の
折れた葦の茂みのなかへ。

だれが暗闇を住まわせたのか。
だれが沈黙を石の壁でふさいだのか、
石灰に憤怒をまぜたのか。

八道の隅、
そう書かれている、

牡羊の焼き印で
封印されて。
こぶのある柳の幹は
曲がり
灰になるだろう、もしいつか
ひび割れた足で
使者たちが火につつまれて
町を去るならば。

(GWI, S. 190)

＊「八道の隅」は、デンマークの哲学者セーレン・オービエ・キルケゴールの著書『人生行路の諸段階』のなかの『酒中に真あり』のエッセーのなかの言葉。これは、孤絶した場所の孤独をあらわしている。

「ウンディーネ（水の精）」Undine

一年で葦は伸び
褐色がかった穂軸は
綿毛につつまれてつぼみが開く。

漁師は朝方
水のなかを歩いてわたり、
タールを塗った小舟を
わたしの肩越しに押してゆく。

わたしは伝説、
水は灰色にたゆたい、
そのなかに筌と
葉がただよう。

水に浸食された柳の

根の魚籠《びく》のなかで
魚の卵といっしょに
わたしの飾りがゆれる、
カワカマスの口に守られて。

トンボが夏
光の格子を、
葦と水のじっと動かぬ光の格子をつくるとき、
わたしは湖の牢獄に横たわる。

サンカノゴイが立っている、
柳の杭のように、
藻のしたたる緑のなかに。
そして霧の雲のむこうには月、
灰色のモンスズメバチの巣のよう。

(GWI, S. 200)

「隣人たち　ヘルマン・ケステンのために」Die Nachbarn *Für Hermann Kesten*

大河の静けさ、
大地の火、
天の空虚な暗闇が
わたしの危険な隣人たちである。

鷺はあまたのみずうみから
浅い葦の茂った水を選ぶことができる、
そこで鷺はすばやい突きで
獲物を捕らえ殺す。

水は鷺を
選ぶことはできない。
忍耐強く水は魚たちの恐怖に耐え
腹をすかせた鳥のしわがれた叫びに耐える。

水と鷺
ふたつは隣人である
丈高いハンノキと
葦とカエルの。

平然とこねられて、
わたしの隣人である人間たちは
毎日自分のパンを食べる。
だれも灰になろうとはしない。

だれにもできない、
氷のように冷たい夜にも
まだ通用する
硬貨を鋳ることは。

(GWI, S. 203)

「返答せず」Keine Antwort

霧をまとう柏のおぼろな
樹冠に
カラスがとまる。
締梁はうつろ。

天井に這う
干からびて
からみあったぶどうの蔓の影。
徴《しるし》、
ひとりの中国の高官の手によって
書かれた。

おまえの所有する
アルファベットは
十分ではない、

無力な文字に
返答するには。

(GWI, S. 204)

「アリステアス」Aristeas

劫初の朝まだき、
そのとき雲のなかに死者たちの
黄金がつまれていた。風は眠っていた、
その木の枝に
霧の羽をつけたカラスがとまっていた。

鳥は飛んだ、
その翼はハンノキの灰色をおびて
光を打った、
草原のミルク色の皮膚を。

わたし、アリステアス、
カラスとなって神にしたがい、
夢に引きずられ、
さまよい舞う、

霧の月桂樹の杜のなかを、
硬い翼を打ちふって朝をさがしながら。
わたしは雪のかさぶたでおおわれた洞穴をのぞいた、
隻眼で、火に照らされたあまたの顔が、
煙のなかに消えた。
そして馬が立っていた、たてがみは凍り、
煤けた腹帯で杭につながれて。

カラスは飛んでいった
冬の門のなかへ、
飢えた藪のなかをさまよった。
寒さが舞いあがった。
そして干からびた舌が言った、
ここには苦痛のない過去がある。

(GWI, S. 207)

「牧人たちとのわかれ」Abschied von den Hirten

いまおまえは出ていくなら
岩のように冷たい夜を忘れよ、
牧人たちを忘れよ、
彼らが牡羊の首をうしろに反らせると
灰色の毛のはえた一本の手が
牡羊ののどにナイフを突き刺した。

霧の大波のなかに
ふたたび劫初の創造の
光がただよう。そして樅の木の下に
針と湿気でできた
描き終わらない円。
これがおまえの徴だ。牧人たちを忘れよ。

(GWI, S. 209)

「林　ハインリヒ・ベルのために」Gehölz　*Für Heinrich Böll*

林、
鷹のように灰色な、
干からびた昼のコオロギの光、
その向こうに家、
地下水脈のうえに建てられた。

水、
隠れている、
砂の荒地のなかに、
おまえは言葉の渇きのなかに流れこみ、
おまえは稲妻を引きよせた。

大地の入り口で、
とある声が言う、石と
根がとびらを閉ざすところでは、

ヨブの掘りかえされた骨が
砂になった、そこにはまだ
雨水をたたえた鉢がある。

(GWI, S. 213)

「六三年四月」 April 63

薪割台から目をあげて
小雨の降るなか、
手に斧をもち、
わたしはむこうの上空に広がる木の枝に見る
五羽の若いカケスを。

カケスは音もなく飛翔し、 枝から枝へと
合図をおくり、
太陽に
霧のやぶを通る道をさししめす。
それから火のような舌が木々のなかを走る。

わたしははまり込む
わたしの歳月の氷のように冷たい窪地に。
わたしは薪を割る、

孤独の堅いささくれだった薪を。
そして住みつく
納屋の寂寥をさらに深める
蜘蛛たちの巣に、
積みあげられた薪の尖端の
松の匂いをあびながら、
手に斧をもって。

薪割台から目をあげて
四月の暖かな雨のなか、
わたしは見る、きらめく
マロニエの枝に
つぼみの
ねばつく総苞がかがやくのを。

(GWI, S. 217)

「フベルトゥスヴェーク」Hubertusweg

三月の真夜中に、と園丁が言って、
わたしたちが駅をでると、
遅い列車の尾灯が
霧のなかに消えるのが見えた。だれかがわたしたちを追ってきた、
わたしたちは天気の話をした。
風が雨を
池の氷に投げつけると、
ゆっくりと一年は光りのなかへ旋回しながらはいってゆく。

そして夜
鍵穴のなかのうなる音。
茎の怒りが
大地を引き裂く。
そして朝方光が
暗闇を掘りかえす。

松の木が窓から霧をかき寄せる。

あそこの下のほうに、
よどんだたばこの煙のようにみじめに、
わたしの隣人が立っている、
わたしが家をでると、わたしの足跡を追いかけるわたしの影。
不機嫌にあくびをしながら
葉のない木々の飛び散る雨のなかで
彼は今日錆びた金網を直している。
いくら手にはいるのか、彼は追跡を
青い八つ折り版のノートに書きつける、傷みやすい通りをうかがいながら、
わたしの友人たちの車のナンバーを、
密輸品を、
禁じられた書物を、
コートの裏に隠した
はらわたのためのわずかなパンを。
かぼそい火に枝をくべて燃えあがるがよい。

わたしは暗闇を掘りかえしに
来たのではない。
わたしは戸口のまえに
わたしの詩の灰をまきちらして、
悪霊の侵入を食いとめようとは思わない。

この日の朝、
ザクセン＝プロイセンの制服の上に
湿った霧がかかり、
国境ではランプが消えかかり、
国家は鍬、
国民はアザミ、
わたしはいつものように
老いて朽ちた階段をおりてゆく。

ラス・シャムラの楔形文字をまえにして
部屋のなかでわたしの息子がウガリトのテクストを
解読するのが見える、

夢と生の
からみあいを、
ケレト王の平和な出征を解読するのが。
神イルが告げるように、
七日目に、
熱い空気がやってきて、泉を飲みほした、
犬はほえ、
ろばは渇きのあまり大声で吠えた。
そうして破城槌もなくひとつの都市が生まれた。

(GWI, S. 222f)

「裁判」Das Gericht

権力のつばさのもとに暮らすために
生まれたのではなく、
わたしは罪ある者の無実を受けいれた。

強者の法に
まもられて、
裁判官は机に向かってすわり、
不機嫌そうにわたしの書類をめくった。

温情をねがう
つもりはなく、
わたしは手すりのまえに立った、
沈んでいく月の仮面をかむって。

壁に目をこらしながら

わたしには騎士が見えた、暗い風が
彼に目かくしをし、
アザミの拍車がカシャカシャ鳴った。
騎士はハンノキの下を急いで川をさかのぼった。

だれもが毅然と
時代の浅瀬を渡るわけではない。
多くの者たちの足もとから
水が石をさらってゆく。

壁に目をこらしながら、
血なまぐさいもやを
朝焼けと呼ぶことも
できず、
わたしは裁判官が
判決を読むのを聞いた、
黄ばんだ書類のこなごなになった文章を。
彼は書類ばさみを閉じた。

なにが彼の表情をうごかしたのかは
測りがたい。
わたしは彼を見つめ
彼の無力を見た。
冷たさがわたしの歯にしみこんだ。

(GWI, S. 225f)

Ⅳ．『第九時』Die neunte Stunde

「アムモンの民」Der Ammoniter

神々とその火に飽いて
わたしは法ももたず暮らした
ヒンノムの谷の窪地で。
かつての同伴者たちはわたしを去った、
大地と天の均衡は、
牡羊だけが、傷ついた跛行する足で
星々をひきずりながら、わたしに忠実だった。
煙をださずにかがやいた
牡羊の石の角の下で夜わたしは眠り、
壺を毎日焼き、
それを夕方太陽のまえで、

岩に打ちつけてこわした。
わたしはヒマラヤ杉のなかに見なかった
猫のまどろみも、鳥の飛翔も、
水の神々しさも見なかった、
水はわたしが桶のなかで粘土を洗いわけると、
わたしの両腕をすべって流れた。
死のにおいがわたしを盲目にした。

(GWI, S. 230)

「出会い――ミヒャエル・ハンブルガーのために」Begegnung *Für Michael Hamburger*

メンフクロウ、
雪の娘、
夜の風にさらされて、

しかし鉤爪で
根をつかむ
朽ちてかさぶたとなった廃墟のなかで、

まるい目をした
くちばしばかりの顔、
白い火の羽毛でできた
頑強な仮面、
時間にも空間にも触れない、

冷たく夜はなびき、

古い農家に突きあたる、
前庭に生気のない落魄の民、
そり、荷物、雪をかぶったランタン、

つぼのなかには死、
かめのなかには毒、
遺言が梁に打ちつけられてある。

岩壁の鉤爪
の下に隠されたもの、
夜への入り口、
死の不安
刺すような塩が肉に染みこむような。

降りてゆこう
天使たちの言葉を話しながら
バベルのこわれた煉瓦まで。

(GWI, S. 235f)

「ズノロヴィ　ヤン・スカーセルのために」*Znorovy　Für Jan Skácel*

松と休耕地のあいだを
夏に向かう通路
脇の藪のなか、納屋の近く、
貂を捕らえる罠、さびついた。

わたしはズノロヴィにけっして行かないだろう、
そこでは影が鎖につながれて
水のなかから立ちのぼり、
馬のつながれていない巻き上げ機が
音もなく回り、
ツグミの夕べの悲鳴が
家の屋根を暗くする。

すべては怪しげだ、
霧の向こうの太陽が

ケシの蒴を木質化し
そして穀粒が硬い音をたてて鳴るとき。
いかなる地震計も
生き物の衝撃をしめさない。

なにがおまえに強いるのか、
夜古い国道脇にたたずむように。
ひび割れた皮の幌をつけた
メーレンの馬車は
もはや走らない、ブナの葉に追われて、
灰色の農場脇を。

松貂が葉のない枝のなかに寝そべって
夜の涼やかさを見つめる。
おまえはべつの徴を待っている。

(GWI, S. 240f)

「魔法を解かれて」Entzauberung

納屋の壁に
湿気が描く
追放された王を。

彼は穴だらけの垣根の
冷気をあびて
粘土の野道を下ってゆく。
彼は馬車に
牝ろばをつなぎ
かごとやかんと鍋を背負わせ、
雨のなかを消えていく
中掘割に沿って柳の木の向こうへ。

それはイタウ、
ジプシー、このまえの夏

彼は分農場のそばで錆びた脱穀機の
粗い藁のなかに寝ころんでいた。

小作人のかみさんが語る、
わたしは彼を十月末に
休耕地の端で見かけたよ。
彼が円を描いて歩き
虚空にしるしを結ぶと、
ひとつの火が地中からあらわれ、
それは煙もださず
暗い炎とともに沈んでいった。

ほんとうは
ジプシーのイタウは、
明るい七月
アザミの濃い藤色のなかを
永久《とわ》に消えていった。

(GWI, S. 246f)

「ブルターニュの修道院の庭」 Bretonischer Klostergarten

枝を広げた楡の昼。
痛風病みが眠っている
帆布でできた折り畳み椅子で。

天使たち、つらい秘密が、
丈高い草のなかをとおり
うしなわれた名前を呼ぶ。

足音の軽い反響、
祈願行列、葉のなかの対話、
ただツグミが聞くのみ。

(GWI, S. 248)

「ペルセポネー」Persephone

あの冥界の女がやってきて、
地中から舞いあがった、
月の光にかがやきながら。
女は髪に古いかけらをつけ、
腰を夜にもたせかけた。

いけにえの煙はない、宇宙は
バラの香りにはいりこんだ。

(GWI, S. 249)

「パドヴァの異端者」Der Ketzer aus Padua

I

わたしは雪となって冬の藪に入りこみ、
死の荷馬車のあとについていった。
正義も寛容も存在しなかった
この世には。

ロンバルディアの夕べが
最後の道をさししめそうとするかのよう、
あそこの頭上、凍てついた枝の織物のなかに、
空の白さと
不毛にしがみついた
巣くう冷たさ、空っぽの鳥の巣。

II

そうして運河に浮かぶ底の浅い小舟の向こうに
僧服と天球図の町
そこに錬金術の達人たちが住まい
湿った地下牢と
拷問部屋がある。

おお悪夢よ、
虐待された血が
梁から滴り落ちると、
大修道院の入り口で
民衆は投石機の突風をさけて
身をかがめた。
ひとりの天使が堕ちていった
パドヴァの教会と塔のうす赤いもやのなかに、
矢来のなかに転落し
砕かれた肩を休めた

矛槍の地平線をまえにして。
天使の顔から血の気がうせた。

III

マルシリウスの町、
預言者の
すすけた羊皮紙
雪の白い火をあびて——
三人の男たちが黙って荷馬車のそばを馬に乗ってとおりすぎた、
それは枢機卿の急使、そこには平和へとつづく
ひづめの跡はなかった。

主よ、あなたの秘密は偉大だ
それは岩壁の静けさのなかに封印されている、
わたしは塵にすぎない、
壁のなかのゆるんだ煉瓦にすぎない。

IV

暗闇が木々の梢を刈りこみ、
柳の枝で編んだ籠が沈んだ。
まだ死者たちが平原に横たわっていた。
歩兵が木を切り倒し、
石灰焼き窯が煙を立ちのぼらせた。

わたしは藪のなかに入り、荷馬車を押した、
いにしえの嘆きを
感覚の麻痺するまで見るよう
宣告されて。

(GWI, S. 251-253)

「リア王」 König Lear

石切り場の下から
彼は上がってくる、
ヨード液のしみこんだぼろきれを
右手に巻いて。

まずしい村々で
彼は丸太を切った
レンズ豆のスープをもらうために。

いま彼は
ちぎれた雲の
干からびた影のなかを
彼の王冠のもとへ
峡谷へと帰る。

(GWI, S. 257)

「トトモース」 Todtmoos

トトモースで
わたしは白くかがやく雪の大気のなかに
雪を摘みとるものたちが飛んでいるのを見た。
わたしは落ちてくる雪に手をのばしたが
つかまえたのは冷気だけ。

岩壁に雪の瘢痕、
いずこへの道しるべか。解読されない
文字。

(GWI, S. 258)

あとがき

わたしの専門は、二十世紀のドイツ詩だが、一九九〇年代半ばまで十九世紀末から第二次世界大戦までの詩人を研究していた。具体的に言えば、大学の卒業論文でシュテファン・ゲオルゲ Stefan George を、大学院の修士論文ではライナー・マリーア・リルケ Rainer Maria Rilke をあつかった。リルケの詩学は、わたしにもっとも強い影響をあたえたが、いまは亡き恩師川村二郎先生の勧めで、表現主義の詩人ゴットフリート・ベン Gottfried Benn を数年間研究した。これによって第二次世界大戦以前の詩の流れをおおよそつかんだので、一九九〇年代半ばに、第二次世界大戦後の詩を研究して二十世紀全体の詩の潮流を概観したいと思った。

そこで、ヘルマン・コルテ Hermann Korte の研究書『一九四五年以降のドイツ抒情詩史』Geschichte der deutschen Lyrik seit 1945 (J. B. Metzlersche Verlagsbuchhandlung und Carl Ernst Poeschel Verlag GmbH in Stuttgart 1989) をてがかりに、戦後の詩の流れをたどってみた。そしてこの研究書をとおして一九五〇年代、六〇年代に書かれたさまざまな詩を読んでいくなかで、はじめてペーター・フーヘル Peter Huchel を知った。そこには、彼の詩『冬の詩篇』Winterpsalm が取りあげられていた。わたしは、衝撃を受けた。なんという救いようのない暗さなのだ。この暗さと行間からにじみでてくる不安の鼓動は、はたしてこの詩人のどこから出てくるものなのだろう。このような暗い詩を書く人間は、どんな人生をおくったのだろう。興味が、尽きることなく湧き上がってきた。

わたしは、ひとまず戦後の詩の潮流を調べる研究をわきに置いて、この詩人を研究することに決めた。それほどにこの詩『冬の詩篇』は、インパクトがあった。二〇〇〇年以降わたしは、もっぱらこの詩人に向き合った。そして若い時代につくられた自然抒情詩の美しさと戦後の苦悩に満ちた機密抒情詩の秘密に魅了された。詩『冬の詩篇』につづいてわたしは、初期の詩から読みはじめた。運命的な出会いと言ってよいのだろうか、わたしはそこで詩『星の筌』Die Sternenreuse に出会った。この詩を読んだ時の感銘は忘れられない。それは、なつかしいわたしの少年時代を思いださせたからだ。母の実家の家のすぐそばを川が流れ、その音が通奏低音となってわたしの少年時代の風景をとりまいた。筌はなかったが、夜川面に月明かりが白波に反射してきらめく光景は、なによりも美しい世界だった。少年の目から見れば、すべては大きく、川幅が四メートルほどしかなかった川も、わたしには大河のようにとどろき流れ、小さな岩塊も、大きな巌のようにそびえていた。ここにはたしかにわたしの人生があった。一心不乱に遊んだわたしのたましいは、牧歌的な自然と完全に一体化していた。フーヘルの世界は、すなわちわたしの世界だった。

しかし、フーヘルの戦後の詩は難解になっていった。自然形象は、自然の事物そのものをあらわすのではなく、なにかべつのものをあらわす表象となった。すなわち、暗号、記号、メタファーが、詩全体をおおうようになった。さきに挙げた詩『冬の詩篇』も、自然を描写しながら、詩人の心象風景が浮びあがってくるように描かれている。この心象風景が、寒々とした救いようのない世界であることが、わたしには不可解であると同時に、この詩人に引きつけられる要因でもあった。詩『テオフラストスの庭』Der Garten des Theophrast で描かれたように、詩人の心は病んでいた。この病いが奈辺から出てくるものであるか、これが、わたしの考究の動因だった。さらに、初期の自然抒情詩の自然と詩的自我が一体化した美しい風景と後期の胸苦しいほどの苦悩の発露のあいだの懸隔が、捉えがたい落差となってわたしに迫ってきた。そしてまさにこの落差を探求することによって、フーヘルの詩人としての全体像が浮かび上がってくるのではないかと考えた。

わたしは、これまでフーヘルについての論文を五篇書いたが、最初の論文『ペーター・フーヘルの実存的世界』以外は、『ペーター・フーヘル訳詩ノート 1―4』として個々の作品を解釈したものである。難解なフーヘルの詩の秘密と魅力をすこしでも読者に提示できるようにと考えて執筆した。

本書の構成は三章から成っている。

第1章では、フーヘルの人生をそのときどきの作品をまじえながら紹介した。幼年時代からはじまって、青年時代、第二次世界大戦の体験、戦後の歩み、とくに文学雑誌『意味と形式』Sinn und Form の編集長時代、その後の軟禁生活、さらに東ドイツからの出国とその後の生活が、作品をとおしてわかるように叙述されている。この章を書くにあたって、とくにヒュプ・ナイセン Hub Nijssen の »Der heimliche König Leben und Werk von Peter Huchel« (Königshausen & Neumann GmbH, Würzburg 1998) を参照した。

第二章は、先に述べた論文をまとめて、各作品を全集に掲載された順番に並べかえた。論文は以下のとおりである。

『ペーター・フーヘルの実存的世界』（早稲田大学政治経済学部「教養諸学研究」第一二四号、二〇〇八年）
『ペーター・フーヘル訳詩ノート1』（早稲田大学政治経済学部「教養諸学研究」第一二七号、二〇〇九年）
『ペーター・フーヘル訳詩ノート2』（早稲田大学政治経済学部「教養諸学研究」第一三〇号、二〇一一年）

『ペーター・フーヘル訳詩ノート3』(早稲田大学政治経済学部「教養諸学研究」第一三二・一三三合併号、二〇一二年)

『ペーター・フーヘル訳詩ノート4』(早稲田大学政治経済学部「教養諸学研究」第一三四号、二〇一三年)

これにさらに一篇『マクベス』をくわえて第2章とした。内容にかんしては、誤植の訂正と作品の順番を並べかえたことによる構成と内容の整合性の調整以外にはほとんど手を加えていない。

第三章では、わたしが重要と思い、フーヘルの作風をよく特徴づけている作品を訳出した。これには、『ペーター・フーヘル詩集』(小寺昭次郎訳、績文堂、二〇一一年)と『フーヘル研究――詩集のツィクルス構造と「徴」・「ことば」・少数民族形象――』(杉浦謙介著、雄松堂出版、二〇〇四年)を適宜参照した。

ペーター・フーヘルは、当初高名な文学雑誌『意味と形式』の編集長としての名声が高く、作品の評価は、一九六〇年代になってようやく本格的にはじまった。ドイツ語版の全集は、一九八四年 Suhrkamp Verlag から刊行された。これによってフーヘルの作品は、広く知られるようになり、作品の評価もしだいに高まっていった。日本では、一九九〇年代以降いくつかのアンソロジーで数篇の作品が翻訳されたが、まとまった詩集としては前掲の小寺昭次郎訳『ペーター・フーヘル詩集』(ただし、これはフーヘルの最初の二つの詩集『詩集』と『街道 街道』の作品だけを翻訳している)がある。本書は、フーヘルの初期の詩ばかりでなく、パウル・ツェラン Paul Celan、インゲボルク・バッハマン Ingeborg Bachmann とならんで機密抒情詩の詩人として評価される彼の第二次世界大戦以降の難解な詩にかんしても解釈をほどこしている。暗号、記号、メタファーを多用するフーヘルの詩は、それを読み解くコードを知らなければ、なかなか理解することがむずかしい。それを全集とできるだけ多くの研究書を渉猟しながら、自身の理解のおよぶ範囲で解釈したのが本書である。ここに上梓する『ペーター・フーヘルの世界──その人生と作品』が、読者のフーヘル理解に資することを願ってやまない。

大学の同僚小西和久氏には、第1章の「V．軟禁生活」註一三の国際ペンクラブの引用文英訳を、長與進氏にはチェコ語の固有名詞の読み方をご教示いただいた。この場をお借りしてお礼を申し述べたい。また本書の出版は、鳥影社編集部長小野英一氏が快く引きうけてくださったおかげで、日の目を見ることができた。小野氏には心から感謝申し上げたい。

二〇一五年十一月三日

斉藤 寿雄

<Original German titles of the poems>
extracted from "Peter Huchel Gesammelte Werke in zwei Bänden"
published by Suhrkamp Verlag, Frankfurt am Main 1984

Japanese edition published by arrangement through The Sakai Agency

〈著・訳者紹介〉

斉藤寿雄（さいとう　ひさお）

1954年長野県生まれ。東京都立大学大学院修了。現在、早稲田大学政治経済学部教授。

専門は20世紀のドイツ詩。

主な業績：「ゴットフリート・ベンの抒情性」（『プリスマ』所収、小沢書店）、

「ペーター・フーヘル訳詩ノート3」（早稲田大学政治経済学部『教養諸学研究』）、

「ペーター・フーヘル訳詩ノート4」（早稲田大学政治経済学部『教養諸学研究』）、
翻訳書：『冷戦の闇を生きたナチス』（現代書館、2002年）、

『ナチスからの「回心」―ある大学学長の欺瞞の人生』（現代書館、2004年）、

『ナチス第三帝国を知るための101の質問』（現代書館、2007年）、

『反ユダヤ主義とは何か』（現代書館、2013年）、

『第三帝国の歴史』（現代書館、2014年）ほか。

2000年から2002年までレーゲンスブルク大学客員研究員、
2010年から2011年まで同大学客員研究員。

ペーター・フーヘルの世界

定価（本体2800円+税）

乱丁・落丁はお取り替えします。

2016年7月29日 初版第1刷印刷
2016年8月 9日 初版第1刷発行
著・訳者 斉藤寿雄
発行者 百瀬精一
発行所 鳥影社 (www.choeisha.com)
〒160-0023 東京都新宿区西新宿3-5-12トーカン新宿7F
電話 03(5948)6470, FAX 03(5948)6471
〒392-0012 長野県諏訪市四賀229-1(本社・編集室)
電話 0266(53)2903, FAX 0266(58)6771
印刷・製本 モリモト印刷・高地製本

ISBN978-4-86265-570-7 C0098